南海奇遇

[美]威勒德·普赖斯 著

徐解颐 译

北京出版集团
北京少年儿童出版社

著作权登记号
图字：01-2010-1128
SOUTHSEA ADVENTURE by WILLARD PRICE
Copyright © WILLARD PRICE, 1952
Willard Price, the Willard Price Logo and Hal and Roger are trade marks of Willard Price Literary Management Ltd, used under licence by Beijing Juvenile & Children's Publishing House Co., Ltd.
This edition arranged with Willard Price Literary Management Ltd through Big Apple Agency, Labuan, Malaysia
Simplified Chinese edition copyright @ 2023 Beijing Juvenile & Children's Publishing House Co., Ltd
All rights reserved.

图书在版编目(CIP)数据

南海奇遇 /（美）威勒德·普赖斯著；徐解颐译. — 2版. — 北京：北京少年儿童出版社,2023.8（2025.7重印）
（哈尔罗杰历险记）
书名原文：SOUTH SEA ADVENTURE
ISBN 978-7-5301-6549-2

Ⅰ. ①南… Ⅱ. ①威… ②徐… Ⅲ. ①儿童小说—长篇小说—美国—现代 Ⅳ. ①I712.84

中国版本图书馆 CIP 数据核字（2022）第 258047 号

哈尔罗杰历险记
南海奇遇
NANHAI QIYU
[美] 威勒德·普赖斯　著
徐解颐　译

*

北 京 出 版 集 团
北 京 少 年 儿 童 出 版 社　出版
（北京北三环中路6号）
邮政编码：100120

网　　址：www.bph.com.cn
北 京 少 年 儿 童 出 版 社 发 行
新　华　书　店　经　销
三河市天润建兴印务有限公司印刷

*

880 毫米×1230 毫米　32 开本　6 印张　150 千字
2012 年 1 月第 1 版　2023 年 8 月第 2 版　2025 年 7 月第 4 次印刷
ISBN 978-7-5301-6549-2
定价：28.00 元
如有印装质量问题，由本社负责调换
质量监督电话：010-58572171

序　言

我们的脑袋是圆的，像个地球仪。而且每个人的脑袋里，可能会想到地球，它的体积有多大？年龄有多大？有哪些有趣的人和事？但对任何人来说，地球都是一个庞然大物，即使倾其一生，也不可能把它跑遍了。怎么办呢？有一个捷径，即看书，这叫作"秀才不出门，便知天下事"。如果你想了解地球上都有些什么新鲜事，特别是大自然中的新鲜事，我建议你看一看"哈尔罗杰历险记"。

威勒德·普赖斯先生出生于1883年，他是个幸运的人，一生中跑了77个国家和地区，包括我们中国，遇到过许多新鲜的人和新鲜的事。他又是一个愿意奉献、不甘寂寞的人，不想把自己的知识和见闻都烂在肚子里，于是便动笔写了一套书，献给全世界的孩子们。于是，在70多年前，就诞生了哈尔·亨特和罗杰·亨特两兄弟的角色。

哈尔和罗杰是约翰·亨特的儿子。约翰·亨特是动物博物学家，几乎跑遍了全球去了解和收集各种各样的珍奇动物。哈尔和罗杰不仅继承了老亨特的基因，而且也继承了爸爸的事业和兴趣。在老亨特的鼓励和安排下，哈尔和罗杰走南闯北，历尽危险和艰辛，从亚马孙丛林到南太平洋小岛，从非洲大陆到格陵兰冰原，从世界上第二大岛新几内亚到地球上最高的山系喜马拉雅山，从正在爆发的火山口到危机四伏的海底世界，足迹延伸到世界各地的各个角落。他们冒着生命危险，勇敢地追逐丛林巨蟒，制服热带巨蜥，巧捕非洲白象，激战北极之王北极熊，深入海底猎奇，大战庞然大物杀人鲸，不仅与凶猛的动物较量，还得与贪婪的人类争斗，常常是弹尽粮绝，走投无路，只能依靠自己的智慧和勇气，才能置之死地而后生。当然，不可能所有的人都像哈尔和罗杰那样，有机会到世界各地去旅游、探险。正因如此，所有关心地球和热爱自然的人，不妨都抽空看看"哈尔罗杰历险记"这套书，希望你能进入角色，设身处地，感同身受，与哈尔和罗杰一起，深入广袤无垠的大自然去畅游、搏击，追随那些曲折的情节，体验无数惊险的场面，肯定会使你深感刺激。而且，书中丰富的知识和简练的语言，也会令人受益匪浅，回味无穷。

最后，还要加上几句，就是关于亨特一家的事业。他们到世界各地去猎取和收集各种各样的珍奇动物，送到动物园和博物馆。一方面固然为人们休闲娱乐、观赏和了解地球上的各种动物做出了贡献，但是另一方面，他们也伤害了许多动物，伤害了大自然……

与70年前相比，人类现在更注重生态保护，对大自然和动物界的了解，都要客观而且深入得多了。但也产生了另外一种值得注意的倾向，就是一厢情愿地去和动物亲近，以至于有人和自己的爱犬亲吻，结果被咬掉了嘴唇。我们说，动物是我们的朋友，是指我们和动物同是生命世界之一员。但这并不意味着，我们就可以和北极熊拥抱，可以跟老虎接吻。动物就是动物，人就是人，即使地球上最最温和友好、亲切好奇的南极企鹅，当我想去摸它的脑袋时，它也会奋起反抗，摆出一副决一死战的架势。因此，我认为，人类和动物朋友的交往，应该是"君子之交淡如水"，最好的做法就是不要去干扰它们，当然更不能去伤害它们。

位梦华

中国最先登上南极大陆的科学家之一
中国作家协会会员、中国科普作家协会会员
享受政府特殊津贴、有突出贡献的科学家

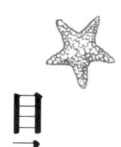

目录
CONTENTS

1	南海历险	1
2	知道太多事情的危险	5
3	起程	10
4	神秘的海底	16
5	巨大的海蝙蝠	20
6	环状珊瑚岛	28
7	生与死的搏斗	36
8	飓风	47
9	进入迷离的世界	59
10	珍珠交易商	63
11	来历不明的乘客	72
12	驶向神秘的珊瑚岛	76

1

13 珍珠湖　　　　　　　　　　84

14 荒岛　　　　　　　　　　97

15 鲸鲨皮屋　　　　　　　　109

16 找到了食物　　　　　　　118

17 十臂巨怪　　　　　　　　128

18 找到了教授的珍珠　　　　137

19 木筏　　　　　　　　　　142

20 水上龙卷风　　　　　　　152

21 "希望号"遇难　　　　　　164

22 死里还生　　　　　　　　175

23 迎接新的历险　　　　　　181

1 南海历险

约翰·亨特放下电话,坐在那儿,沉思片刻,紧张地把笔放在桌上。

敞开的窗户外,传来狮子的吼声、海狗的嗥叫以及美洲虎的咆哮。这些声音对于初来纽约旅行的人来说,是很恐怖的,但对于坐在桌边的这个男人,简直算不了什么。他是猎人,他的工作是到天涯海角把动物活着带回来,养在自己的野生动物基地中,等到需要的时候,就把它们送到一些机构:动物园、动物博物馆、马戏团等。

但他从未听到过像刚才电话中那样奇怪的请求。

"哈尔!"他叫了一声,"进来,叫罗杰跟你一起来。"

他的两个儿子进屋时,他正在看墙上的那幅太平洋地图,然后,他转向他们。

"好了,孩子们,"他的语调就像准备一次午后野餐那样随便,"你们多久能准备好起程去南海?"

"爸爸,你没骗人吧?" 14岁的罗杰兴奋地问道。

他的哥哥,哈尔,这位即将进入大学的年轻人也努力压抑着自己的兴奋心情。哈尔不会因为去南海这类区区小事就像小孩子一样高兴。

毕竟,他已是个有经验的猎手了。他刚刚和弟弟从亚马孙森林寻捕动物归来,他们带回来一些野生动物,像美洲狮、大食蚁兽、吸血蝙蝠、蟒蛇、王蛇、树懒和貘。他们的父亲还能想出南海有什么动物会比这些更新奇、更难捕获呢?

约翰·亨特满意地看着他的两个儿子,罗杰仍然很小,喜欢恶作剧,还不能成为一个一流的猎手;哈尔是个稳重的小伙子,他比父亲更魁梧、强壮,让他负责亚马孙森林中的探险是项冒险的试验,看来很值得。现在,可以信任他去完成更艰巨的任务了。

"你们知道,我答应过如果你们成功地完成了亚马孙计划,我会让你们去南海旅行。可我没想到你们这么快就能走。我刚刚接到亨利·巴辛打来的紧急电话,你们听说过他的名字。"

"他靠钢铁发了家,"哈尔想起来了,"他要动物做什么呢?"

"他正在自己的庄园里建一个私人水族馆,需要七海①中最奇特的动物。他已经准备好了一个大池塘,你们猜他想要什么?"

"海狮。"哈尔不以为然地答道。

"不,是一条大章鱼。"

哈尔沉不住气了:"不会是那些10米长的怪物吧,我们怎么能捕到那玩意儿呢?他简直在做梦。"

"还不只是那玩意儿,"父亲看了看笔记本上用铅笔勾过的记录,接着说,"他想要一条虎鲨,一条飞绿鳍鱼,一头逆戟鲸,一只海蜥蜴,一条人鱼,一只海鳗,一只能把潜水员夹在中间的

---

① 七海——指中国海、红海、绿海、大马士革海、威尼斯海、滂脱斯海和卓章海。——译者注

1 南海历险

大蛤,一条琵琶鱼或一只海蝙蝠。"

"为什么需要这些动物?它们大得能翻船!"哈尔不高兴地问,"怎么……"

"一只海蜈蚣,"亨特接着说,"一条锯鳐鱼,一条剑鱼,还有一条大章鱼……是的,"他又补充道。看到哈尔脸上吃惊的表情,他很得意:"这条章鱼要有12米长的触手,吸盘要像餐桌上的盘子一样大,眼睛要有4米长……一条有着'太平洋噩梦'之称的章鱼。"

"但我们怎样才能把这么个庞然大物带回来呢?"

"你们将租一只帆船,船上要备有一次能装下两三个这种庞然大物的水箱。水箱呢?可以放在货船上运回来。"

"天啊!"罗杰有些不安了,"我们还要自己驾驶帆船吗?"

"一点儿也不错。"父亲严肃地说,"没有快艇,仅仅是一只捕鱼船。你们从这儿坐飞机去旧金山,在那儿租条船,起航,然后就开始工作。当然,巴辛的要求只是你们工作的一部分,你们还要收集公共水族馆需要的其他各种鱼类。或许,我以后还要给你们更多的任务,这就看你们的表现了。你们都想停学一年,因为你们的年龄比班上其他人小得多,现在,机会来了。我要试着让你们在一年里所受的教育比课堂上多,在日本、阿拉斯加和非洲都有工作。能否去完成这些工作就靠你们自己了。"

他望着窗外,沉思了片刻。

"我希望能跟你们一起去,但这里的工作太多了,"他叹了口气,"恐怕我年纪也太大了,已不适合这类激烈的刺激性的工作了。"

孩子们脸上渴望的表情和老人脸上的倦怠形成了鲜明的对照，正是这类激烈、富有刺激性的工作才能吸引他们兄弟俩。

"我们多久才能出发？"哈尔问。

"一旦你们收拾好东西，买到飞机票，就能出发了。对了，你们走前，去看一下斯图文森教授。他让我下次派人去太平洋时，告诉他一声，他在那儿有一项实验，想派人去观察，他的实验和珍珠有关。"

2 知道太多事情的危险

"关上门，"教授说，"别让人听到我们的谈话。"

哈尔关上门，挨着罗杰坐在科学家的桌边。斯图文森教授环视着整个屋子，好像他在怀疑墙上长有耳朵。墙上的确有耳朵，不过都没有听觉，这位著名的动物学家周围是一些不能听、不能说的"朋友"，一些被堵住了耳朵，另一些是被盐水泡过了。它们有相同之处，即它们都死了。海雀、企鹅、燕鸥、月鲹鱼、孔雀鱼、鲈鱼、金枪鱼以及鲱鲤科鱼，一行行地排放在靠墙的、有屋顶高的架子上。

理查德·斯图文森博士是研究海洋生命的世界权威人物，他在大学里授课，是国家海洋地理协会的理事。他懂得海洋、懂得鱼，他的有关美国、英国和挪威的商业捕鱼的研究，使他获得丰厚的奖金，以至于他能买下这所又大又阴暗的旧房子，并把它改成一间大实验室。几乎在每一间房里，都有液体箱，他正进行这种或那种喂鱼试验。

白发苍苍的教授略低头，从有三个焦距的眼镜上方敏锐地注视着来访者。

"你们的父亲告诉我，你们将去太平洋探险，"他笑着说，"对这项工作，你们看上去太年轻了一点儿。"

"但我们已有了一些经验。"哈尔答道，并简略地叙述了去亚马孙的经历。

"很好,"科学家说,"我认识你们的父亲已有好几年了,我最相信他了,因此,我也该对你们充满信心。我必须首先告诉你们,这项任务很危险,要绝对保密。你们知道,这涉及一个很有价值的秘密。我的一生中,有两次,如果我不说出这个秘密,我的生命就会受到威胁。这间房子三次被素不相识的人在夜间闯进来,我的文件也被翻开了,但他们没有找到他们想要的东西,因为我并没有把它写下来,它只在这儿。"他拍了拍脑袋。

"要完成我脑中的差事,"教授接着说,"你们就一定要知道这一秘密,但如果你们知道了它,你们也会像我一样受到那些想偷窃这一情报的人骚扰。也许,你们不愿担这个风险?"他以询问的眼光看着哈尔。

"请您将这件事讲得详细些。"哈尔建议道。

教授从抽屉中拿出一张地图,放在桌上打开。此时,罗杰觉得他的脊背发凉,这会不会像他读过的那类流氓海盗和西班牙大帆船传奇故事中的海盗藏宝图呢?

接着,他就看清了这不过是一张西太平洋从夏威夷到中国台湾的地图。这张地图很大,上面很多神秘的岛屿从未在小地图上出现过。

夏威夷岛、塔西提岛、萨摩亚群岛、斐济……这些都是熟悉的地名,但教授的铅笔勾出了一些古怪名字。

"这里是太平洋鲜为人知的地带,"教授说,"在这一地区有很多不被人所知的岛屿,30年来,它们一直由日本人托管。日本人不让外国船只进入这片海域。第二次世界大战期间,这片海域

2 知道太多事情的危险

上只有极少数的岛屿成为战场,多数岛屿并未被开往日本的盟军船只发现。现在,这些原来由日本托管的岛屿成了美国控制下的联合国的托管地。在某些岛上,你们会发现美国海军站,士兵们在那种地方待着很孤独,那里几乎是被世界遗忘的角落。"

"话说回来,我们之所以关心这个被遗忘的角落,在于它是太平洋中收集海洋标本的最佳场所,也刚好是我的珍珠园的所在地。"

"珍珠!"罗杰低声惊叫起来。

斯图文森博士用铅笔指着一个名叫旁内浦的岛屿说:"在这个岛屿的北边,我不能告诉你们有多远,有一个很小的没人居住的环状珊瑚岛。它太小了,无法在这张地图上标出,它也不在海洋的航行线上,因此,在航海图上也找不到这个地方。我选择了这个地方进行我的试验,并把它叫作珍珠环礁湖。世界上最有名的珍珠产在波斯湾。5 年前我收集了 20000 枚波斯湾牡蛎,并按其生活规律将它们送到珍珠环礁湖。我还往那里运送了大量的微生物,使之成为牡蛎的食物。我试图使珍珠环礁湖一带变成波斯湾,我希望能证实在那里也可养珍珠,并且同临近英国海域的珍珠一样好,甚至可以和世界上最好的珍珠媲美。"

"现在,到了检查我的实验是否成功的时候了,我自己不能去,也支付不起专程为此目的派人去的费用,但或许在你们执行其他任务的同时,你们可以在珍珠环礁湖停一下,从牡蛎塘中取些标本回来。当然,我会支付这笔费用的。"

"听起来这似乎是个很有意思的工作,"哈尔说,"可我们必须知道你的珍珠环礁湖的具体方位啊!"

"不错，但这是个秘密，"教授环顾了一下四周，然后，身体前倾，以敏锐的目光盯住哈尔，"你有没有一种奇怪的感觉，比如有人在偷听我们的谈话？"

"没有！"哈尔笑笑说。

教授也笑了，他重新坐回原来的位置，耸耸肩，说："或许只是我的幻想，但就是环礁湖的方位给我带来了麻烦——恐吓信、夜间入侵者。如果这屋里的什么地方装了窃听器，如果有人正在窃听，我是不会觉得奇怪的，我找过，但什么也没找到。"

"我敢肯定，我告诉你们的这些事已被我的敌人知道了，可我现在要告诉你们的，他们可听不到。"

他从小本上撕下一张纸，写下：北纬11°34′，东经158°12′。

他把纸条放在孩子们面前。

"这是我第一次写下这两个数字，我希望也是最后一次。我建议你们用心记住，它们就是珍珠环礁湖的方位，在任何时候，你们都不能把这两个数字写出来，也不能告诉任何人。"

两个男孩集中精力默记下了这两个数字：北纬11°34′，东经158°12′。

教授满意地看完他们记下了数字之后，又把纸翻过来，在上面画了一个不规则的轮廓。"环礁湖，"他说，"这是北，牡蛎塘在这里。"他用笔指向环礁湖东北角的小海湾。

他又停了下来，让孩子们有时间记住这一位置。

然后，他划了根火柴，把这张纸燃成灰烬，并把它揉成碎末。

他们是开父亲的车来到这个城市的。当孩子们走出教授的房

2 知道太多事情的危险

子,回到他们的汽车里时,注意到有个人匆忙从隔壁的房里走出来,哈尔看不清这个人的脸,除了他的背略驼外,没什么其他特征。这个人钻进了一辆黑色汽车。

如果哈尔和教授半小时前的会谈不是充满神秘的色彩和悬念,此时,他是不会注意到这些细节的。

他驱车回到野生动物基地,当汽车向通往家中的小路转弯时,他又看见一辆黑色轿车驶过,继续沿着高速公路开下去。

哈尔顿觉紧张,他的车也跟着摇晃了一下。

"喂,怎么了?"罗杰抗议了。

哈尔笑了,把车开稳,径直进入院中。他告诫自己,他是在胡思乱想,为什么认为刚刚看见的车和他在城里看到的是同一辆呢?世界上黑色轿车多着呢!

但是,假如有人看见他们进了教授的房子,又走出来;假如这个人甚至听到了他们的谈话;假如教授的敌人现在也成了他们的敌人;假如那人跟着他们来到亨特动物饲养场,已知道了他们的住处,也知道了他们姓亨特,他下一步将采取什么行动呢?

"假如我不再假设……"哈尔严肃地提醒自己,努力使自己忘记这些假设。

3 起程

"它漂得多快啊!"罗杰喊道,"快乐女士号"帆船从金门桥的两柱之间驶离旧金山,进入太平洋,直奔南海。

罗杰想起了一个故事,当第一艘这类船入海时,故事中的一个人曾惊呼:"它漂得多快啊!"船主说:"是帆使它这样。"从那时起这种船就叫作了帆船,是轻跃或掠过的意思。

孩子们租用的这只船正顺风而行,自然会有一种轻跃和一掠而过的感觉。

造这只船是为了让它能快速捉到金枪鱼,在它的竞争者之中超前一步,它的帆是世界上最快的三角形马罗尼帆,而不是通常帆船所用的斜桁帆。这种三角帆使它能和赛艇并驾齐驱。的确,它已不止一次在年度杯竞赛中夺魁。

它同普通的帆船还有区别,普通帆船的两个桅杆之间通常是前帆,而它的是两个支索帆,在前桅帆的前面,飘扬着一面巨大的船首三角帆。

它还有一个辅助发动机,不过只用于无风时穿过狭窄的海域;有风时,升起帆,船速可比用发动机快两倍。现在它正悠闲地以每小时32千米的速度前进。

哈尔和罗杰漫步在甲板上,心中充满无限自豪,尽管租船的钱是约翰·亨特和他富有的客户提供的,尽管这船的真正主人艾

3 起程

克·富林特上尉仍在船上,但至少短期内这船属于他们使用了。

艾克上尉是船长,这是因为两个孩子对航海仍然懂得太少,还不能驾驶这只18米长的船。船长的部下包括两名强壮的年轻水手,一名很粗犷,他不愿说出自己的真实姓名,绰号叫"螃蟹";另一名是位褐色皮肤的英俊巨人,他叫奥默,是南海雷亚提亚岛的土著人,他是作为一艘商船的帮手来到旧金山的,在美国现代化的生活里,他好像不知所措,现在他很高兴能重回波利尼西亚群岛。

艾克上尉和他的部下睡在前甲板下面温暖舒适的舱内,哈尔和罗杰睡在后面更舒服的舱内。他们从后舱尽量挤出地方,以便在船的中部能放下装巨大标本的液体箱。这些液体箱夹在两个舱房中间,将两个舱房隔开。

仅用一个巨大的液体箱装所有的标本是不行的,必须把大动物和小动物分开,以防弱肉强食。这意味着需要许多大大小小的液体箱。大小不同的水中动物被可移动的盖子盖住,盖子盖住时空气也可以从盖子上的通风孔进入。通风孔设计得很巧妙,就是在最恶劣的天气里,空气也可进入,而里面的水又漏不出来。

在一间小厨房里放着汽化炉和食物,储藏室内堆满了收集标本需要的器械,如拉网、刺网、拖网、捞网、杆子、线以及鱼叉等。

主帆的桅顶横桁上是个平台,作为桅楼守望台,船上的人坐在那里观察海的变化。

前方第一斜桅的顶上是操作台,通常,船员站在那里,手握鱼叉,专心注视着鱼群。站在这里头顶蓝天,脚踏汹涌的大海,虽然令人心惊肉跳，但他却是全然不顾的。

在这里还可以直接看到未被行船打扰的水面，如果水里有什么有趣的东西漂浮过来，你自然先睹为快了！

谁知道这两个年轻的探险者能有什么样的发现呢？教授曾说过，太平洋里的生物大约有一半以上还未被发现。

这个巨大的海洋，最宽处达18000千米，平均4800米深，有的地方比美国大峡谷还深6倍，海洋里布满了成千上万个岛屿，可人类仅仅命名了3000座。在大洋深处埋藏着多少奥秘！

艾克船长站在方向盘边，他那对蓝蓝的小眼睛像狐狸一样机警。此刻他正注视着面前罗经盘中晃动的指南针，操纵着小船向西南方驶去。

"很幸运，"他说，"我们能一路顺风到达旁内浦。"

"为什么呢？"哈尔问。

"因为我们在风向交变的航线，这对蒸汽船来说并没有什么，但对帆船来说却不一样了。顺风，我们就能缩短航行时间。当然，在回归线无风带地区，顺风只是暂时的。当我们过了夏威夷，风就会稳定了，除非出现意外。"

"什么意外呢？"

"飓风，它会毁了整个计划。"

"现在是刮飓风的季节吗？"

"是的，不过很难说，我们也可能很幸运，另外，"他机敏地看了哈尔一眼，"你要做的事值得你去冒险。"

哈尔突然起了疑心，上尉是不是在套我的话？或许他已经知道了比他该知道得多的情况？我们只告诉过他，我们要找一些海

3 起程

洋动物标本,并没有提到过珍珠的事。

哈尔转过身走上甲板,小船顺风而行带来的极度喜悦之情现在被忧虑代替了。

在离开家前,他几乎不再去想这次探险所面临的危险了。机场上、飞机上,以及在旧金山逗留的几天里,都没有任何影响他们计划的迹象。

当船只驶入太平洋广阔的海面上时,他感到所有的敌意计划都丢在了脑后,前面只有令人兴奋的历险。

现在他思考着艾克船长,他想到那个叫"螃蟹"的粗鲁的家伙,又想到从南海来的叫奥默的水手。难道他们不能偶尔获得有关教授试验的情况吗?

"你在想什么?"罗杰注意到哥哥脸上忧虑的神色,问道。

他笑了,他不会让罗杰跟自己一起胡思乱想:"只是想我们会不会碰到坏天气。你看到那片云了吗?"

"看上去好像要变天。"罗杰说着,抬头看着上空正在掠过的阴云,此时,雨点儿纷纷扬扬地落了下来。

"下雨了!"哈尔兴奋地喊道,"这么说我可以洗个澡了。我要把在城市里流出来的汗和身上的尘土都冲干净。"

他跳进船内,一会儿,脱光了衣服又走了出来,手里拿了一块肥皂。

雨点打湿了他的皮肤,他快活地把全身擦满肥皂,从头到脚满都是白色泡沫,他等待着雨下得更大,把自己冲干净。

然而,雨突然停了,黑云飘过头顶,一滴雨也没有了。哈尔直挺挺地站在那儿,像肥皂做成的柱子,他仍然耐心地等待着,可船长和水手们注视的目光却使他颇感难为情。他不断安慰自己,好在船上没有女士,并且方圆几十里内也不可能有。

善于恶作剧的弟弟看到他这副样子觉得挺好玩,忽然,他来了灵感。他走进储藏室,打开壁橱,他曾见到过这里放有女士的裙子和帽子。为这事儿他问过船长,船长告诉他,有时夫人和他一起航行。

罗杰急忙将裙子套在衬衣和裤子外面,这个裙子可以容纳像他这样身材的两三个男孩。幸运的是帽子也很大、很低,遮住了他的大半个脸。

哈尔知道艾克船长的太太经常和他一起出海,但这一次大家都知道她没有来。因此,当哈尔看到一名女士从舱内走上甲板时,他完全吓蒙了。

他想找个藏身之处,移步躲在主桅杆后面,正在这时,这位女士看见了他。她那脆弱的神经显然经受不了这样的场面,冲天惊叫一声,头朝下摔倒在甲板上。

可怜的人,她昏过去了,她的头碰到甲板上可能会致命的。哈尔顾不上难为情了,他跑上前去帮她,弄得肥皂泡乱溅。他把她扶起来,把大帽子摘掉,却看到了罗杰的脸。罗杰大笑起来,上尉和"螃蟹"也笑了起来。

罗杰笑后总感到没劲儿,哈尔利用了他的弱点,把顽皮的弟弟拉到他满是肥皂的膝盖上,"啪"地打了他一下。

罗杰不笑了,哈尔没料到这意味着一个新恶作剧的开始。甲板边只有一排很低的栏杆,罗杰假装一点儿力气也没有了,他下垂的双手自然地落在哈尔脚边。

3 起程

突然他拉住哥哥的一只脚向后一推,把他抛进了大海。

"别闹了!"船长喊道。同时,他使劲转动方向盘,灵活地将船转了方向,使船右舷迎风驶到哈尔身边。哈尔身上现在已无肥皂泡了,他懒洋洋地划着水,当船靠近时,他抓住了船头上吊着第一斜桅的支索,爬了上来。

他的皮肤因受冷水的刺激而打战,"多谢了,罗杰,"他说,"太棒了!"

哈尔走进舱里去穿衣服,和罗杰的嬉闹以及冷水浴,使他不那么忧虑了。他又恢复了高昂的情绪,如果在航行的终点有什么危险的话,他觉得他能对付得了。

4 神秘的海底

夜幕降临到甲板上,附近没有电灯,不能看书,但哈尔仍在阅读。

唯一的照明来自一条鱼。

在两个男孩子面前的小水箱里游来游去的这条鱼能发出比40瓦灯泡还强的光。

"你查到了吗?"罗杰问。

"查到了,在这儿,它叫灯笼鱼,是个好名字。"

鱼的身体两侧各发出一片光,就像点燃了汽船上的舷窗;背上密密麻麻发出的光点,不停地闪动着,但最令人吃惊的是鱼尾上的光,它时隐时现,妙极了。

哈尔站在船前方斜桅边下,靠在平台上弯曲的半包围的栏杆上,足足有一小时。他观察着脚下几英尺前波涛汹涌的海面。当他发现有趣的鱼时,就将手网抛下,又提起来,就这样,他捕到了一条灯笼鱼。

"你说它身上这些光有什么用?"罗杰问。

"是这样,"哈尔解释道,"它是一种深海鱼,只有在夜间,它才浮到海面上来;白天,它待在很深的海底,而海底不分白天和黑夜,总是漆黑一团。所以它需要光,以辨别方向。"

"但是太阳光可以射入水中!"罗杰反驳说。

4 神秘的海底

"太阳光只能到达水下大约 300 米的地方，再深就不行了。如果你进行深海潜泳，就需要灯光照明。在离海面 1600～10000 米的地方是漫无边际的黑暗。更确切地说，如果没有鱼发光的话，便是漆黑一片了。"

"那么，它尾巴上一闪一闪的亮光又是什么意思呢?"

"或许是不让敌人发现它，就像夜间我用手电筒照射你的眼睛你就什么也看不见一样。而且，当我把手电关掉，你也不能马上看见我，我就能逃跑了。"

"这鱼还真聪明!"罗杰称赞道。

每天，船尾都拖一个网，有时用浅海网，如果用深海网，那就能捕到海面下 400 米或更深的海洋动物。

哈尔把从深海中捕来的动物放在一个水箱里。

"咱们把灯笼鱼也放入这个水箱吧。"罗杰建议。

哈尔用小网把它兜起放入了深海动物箱。

顷刻间，鱼类开始了激烈地追逐。灯笼鱼被一种稍大些的也发光的鱼追得四处躲藏。这种鱼有发亮的鱼鳍，甚至它下巴上长着的须毛也能发光。

"这是食星鱼。"哈尔说。

"看上去它的确像吃了很多亮星星，"罗杰注视着这条游动的浑身发亮的鱼，又说，"如果它能吃掉这条灯笼鱼，一定会显现出更加灿烂的星光。"

突然，灯笼鱼的尾部发光了，这使得食星鱼的攻击停了下来，灯笼鱼趁机躲到了水箱的一个角落里。

水箱中还有一些其他种类的鱼。有的发绿光，有的发黄光，有的发红光,还有一条鱼好像在它头上挂了一个小灯泡。

有一条鱼身上没有亮光,哈尔从书上找到对这种鱼的记载。这种鱼是"瞎子",因而它不必用灯来照明指路,然而,它却像走在街上的盲人,手里拿着根棍子探路。它有大约20根"棍子",即像手指一样的触手,伸向身体周围各个方向。凭着这些触手,它可以躲避敌人,寻找食物。

这里也有些书中没有记载的鱼,哈尔认真记录下它们的特征,画出它们的外形,说不定这些是科学上的新发现哩!而哈尔则是发现了这些鱼的人,或许有些鱼会用他的名字命名。

哈尔和罗杰似乎又觉得有些荒唐,他们竟然会找到连科学家都不知道的东西。

"但这是可能的,"哈尔说,"去年史密斯研究院在比基尼环礁湖一带研究鱼类,他们所研究的481种鱼中有69种是新发现,比例为1/6。如果我们所捕的鱼也成这个比例,那么到今晚为止,水箱里的6种鱼中,将会有1种还未被命名。"

砰!什么东西撞到哈尔头上方较低的长三角帆上。砰!砰!又是两声。

"飞鱼!"哈尔喊道。水箱中鱼的光亮反射在支索帆上,飞鱼被这些亮光吸引飞到甲板上来了。

"我们去捉它们!"罗杰说着,走到帆的前面。好像是在玩垒球,一个黑色物体朝他冲过来,他索性用手抓住,然后又把它投给了赶来抓鱼的奥默。这种鱼可用作早餐,味道可鲜了。

罗杰抓了一条又一条,突然一个更大的东西快速向他冲来,那家伙躲过他的手,冲向他的腹部,他好像被雪橇砸了一下……

4 神秘的海底

弯下了身子,倒在甲板上,一动不动了。哈尔连忙盖住了水箱,然后,俯下身看望罗杰。罗杰虚弱地问:"什么东西打的我?"

哈尔发现罗杰的肚子上插了一块形同剪子刃似的大岩石,他打开手电,原来是一条鱼,俨然像个全副武装的骑士。

"是飞绿鳍鱼!"他说,"你会被它刺死的。"他记起了读过的小说,舵轮边的水手被这种飞鱼打中两眼之间的地方,失去了知觉……像刀一样的鱼鳞刺透了罗杰的衬衣,鲜血汩汩地流了出来。

哈尔把这条飞绿鳍鱼单独放入一个水箱里,接着就去给弟弟包扎伤口。当罗杰勉强能站起来之后,兄弟俩就一起去看这个新来的家伙。

哈尔很高兴,"巴辛先生得到这条鱼一定会很开心,"他说,"它自己就能成为一个马戏团。它可以游泳,可以飞,甚至还能走路,你看它。"

的确,这条飞绿鳍鱼正在水箱底部漫步,它的两个鱼鳍就是腿,它慢慢溜达了一会儿,突然急走起来,偶尔碰到一些海草,就用鱼鳍当手把草折过来,又在草根部咬一口,把草全部吞进嘴里。

罗杰用手捂住疼痛的肚子笑了,"它是多么好的演员啊!巴辛先生一定会喜欢它的。当然,是在它跳出池子刺伤他腹部之前。"他拍拍自己被扎伤的肚子,"我并不是希望这位先生受伤,但是,当他受伤时,我很希望我能在场。"

5

巨大的海蝙蝠

"蝙蝠!"第二天早晨,罗杰站在高处的桅楼守望台高喊,"我看见了一个非常宽大的蝙蝠。"

话说完了,罗杰自己也觉得这些话有些犯傻,蝙蝠不会游泳,也并不是很大。但这里的蝙蝠的确很大,而且它们还沿着海面游泳,那对黑色的大翅膀上下扑腾着。

罗杰每天大部分时间都在桅楼守望台上度过。他在那里注视着大海,那双警觉的大眼睛已经认出了许多有趣的动物。当他发现海中有动物时,就立即告诉大家;如果必要,船就转向跟踪发现的动物;经证实是哈尔需要的动物,就打捞上来放进水箱中。

上尉把舵轮稍转了一下,船朝着那群漂浮的黑色怪物驶去,哈尔拿着望远镜跌跌撞撞地上了守望台,然而他简直不敢相信自己的眼睛。

"它们是什么?"他问艾克上尉。

"海蝙蝠。也有人叫它'蝠鲼'。"

哈尔想起来了,这是父亲的重要客户特别想要得到的一种海洋动物——琵琶鱼,一种大鳐鱼。

怎么能抓住这家伙呢?最大的水箱能装得下它吗?

"章鱼"绕着圈游弋,很明显它们在抓小鱼。随着"快乐女士号"逐渐接近它,船上的所有人都看清了它们,大家把注意力集中

5 巨大的海蝙蝠

在离船最近的那个怪物上。它正绕圆圈游着，一只翅膀在水面之上，另一只在水面以下，从一个翅膀尖到另一个翅膀尖足有6米长，从嘴到尾巴也有5米。

它正在追赶一群鲱鲤科鱼。

它的嘴两边各长着一个鳍状肢或者说是"手臂"，用这两只"手臂"伸出去，抓住小鱼，再放进它的嘴里。

它的嘴多大啊！足有1米多宽，大得可以一口吞进两个人。但哈尔知道这怪物不吃人，它更喜欢吃鱼。

它对人仍能构成威胁，据说它曾高高飞向空中，将那两吨重的身体砸落在一只小船上，将船砸成了碎片，船上的人也遭厄运。它那像鞭子一样的尾巴锋利得像把刀。有时，这家伙不从上面进攻，而是从下面向船袭击。它把船抛出水面再把它弄翻，然后再对落入水中的人发动攻击，或者杀死，或者使他们致残。

它不怕人类，或许它太愚蠢了，不知道害怕人类，或许它对自己巨大无比的力量过于自信。有时它会跟着一只船游上数千米，时而在船底，时而在船旁，最后把船弄翻。如果船上的人用桨打它，它根本不在乎，这种打击对它来说不过像在人的脊背上拍一下，根本没什么感觉。

曾有一次，一个人从船上掉下去，落进一个海蝙蝠的嘴里。显然，它不喜欢这道菜，恶心地把那人又吐了出来。幸而人并未受伤，只是被这家伙的下牙深深地划了一道。

上尉让船顺风而行，慢慢向鱼群中间靠拢，然后，船停下来，帆无力地飘着，船的两侧满是上下摆动的巨大的黑色翅膀。海蝙蝠常群集在一起。哈尔数了数，这一群有28条。

5 巨大的海蝙蝠

艾克上尉嘲笑地看着在这群动物面前有点儿不知所措的哈尔。

"好了,我们到了,你想怎么办?"

"我想捉条活的!"

上尉轻蔑地哼了一声:"你绝不可能抓到活的。孩子,我们可能抓一条死的,但绝不能抓到活的,可以用鱼叉叉一条。"

"不行。"哈尔从恍惚中清醒过来,他开始下命令了,"罗杰和奥默到下面去取大网,'螃蟹'放下小船,上尉控制帆船在原地等待,我们得在这儿待上一段时间。"

上尉真的着急了,问道:"你到底要干什么?"

"去抓那个大家伙,我们将在帆船和小船之间撒网让它自己钻进来。"

"你这傻瓜,简直疯了。"

但哈尔没听他的。

沉重的网的一端系在"快乐女士号"甲板的起锚机上,然后被扔到小船上。哈尔、罗杰和奥默上了小船,他们将小船划离大船,边划边向下放网。

当网全部撒入海中时,小船大约离帆船有15米,网的另一端紧紧地系在挂锚的缆柱上。

这个大家伙沿圆周游动一定会钻入网中的。然后会发生什么事情谁也不敢预测。

海蝙蝠沿圆周游过来了,它并未把船放在眼里。与站在船甲板上看相比,它的体积更大、更可怕。网的上部渐渐从水面升起。

一条海蝙蝠好像感觉到了它面前有了什么障碍,但它既没有减速，也没有改变方向，而是游得越来越快，速度简直像赛船一样。

然后它突然蹿出水面，飞向空中，距网上足有3米，好像是被旋风吹起飘在空中的一扇大门，它使哈尔想起了飞机上的大机翼。它落进网另一边的海面上，激起的声音好像机枪在海上发射。

它又沿着圆周兴奋地游回来，这似乎感染了它的同伴。它们都开始蹿出水面，又钻入水中，有些甚至翻起跟斗来，那白花花的肚皮在阳光下闪耀着，可怕的拍水声不时传来。

好奇心使它们逐渐靠近小船。

"它们正合伙攻击我们。"罗杰喊起来。

哈尔开始相信上尉是对的，只有疯子才会让自己和两个同伴与28只海蝙蝠抗衡。

一只海蝙蝠接近渔网了，它没有跳过去，而是转向冲着小船游来。突然，它发现小船挡住了它的路，立即飞向了空中。

一片黑云突然出现在孩子们的头顶，遮住了阳光。哈尔缩成一团，害怕这条凶恶的海蝙蝠重重地压到船上。罗杰很聪明，躲到了小船的座板下面。奥默却是个把生死置之度外的人，他仍微笑着端坐在那里。当海蝙蝠越过船只，从另一侧落入水中时，只有它的尾巴碰到船的边缘，在船舷上划出深深的一道痕迹。

另一只海蝙蝠以更大的兴趣注视着小船，它用那像胳膊一样有力的鳍拍了拍小船。如果用的力足够大就可以把小船拍得粉碎。幸运的是它只劈裂了左舷上的轮箍，船并没有漏水，然后，这家伙绕着船游了游，最后竟钻进了网中。

5 巨大的海蝙蝠

"我们捉到它了!"哈尔喊道。

"如果它不向回游的话。"罗杰接着说。

"我确信这是只认准一个方向的鱼,它不会回头的。"

海蝙蝠是不会向回游的,它一直向前试图冲破渔网。它设法将一只手臂伸出网外,然后又将另一只也伸出去。它又转到网边,尾巴也滑出了网眼。然而一旦入网,它是很难出去的,因为它的尾巴上长满了鱼钩般的尖钉。

"划船!"哈尔喊道。两对桨及一个蹼轮驱动着小船向前,靠近帆船,网口合上了。

这只海蝙蝠并不轻易投降,它凶猛地挣扎着,使海水旋涡般地旋转,还不断喷出水柱。三名船员浑身湿透了,船里也溅进来很多水,并开始下沉。

拖网的绳被紧紧地系在缆柱上,没有人能拉得动它,网绳上的链条拖着船左右摇晃,有几次差点儿把船弄翻。

现在小船划到帆船边,上尉从栏杆边探出头来。

"快!把网绳扔给我!"

哈尔把网绳解开扔给上尉,上尉灵巧地接住绳子,系在绞盘上。

现在,网的两端都被系在绞盘上,这个海里的庞然大物被装进网里,无法脱身了。

"螃蟹"摇起船货吊杠,它的旋转点在船的主桅杆上,朝海的一端有一个大钩子,哈尔用钩子钩住了网。

帆船的马达开始旋转,网带着那蠕动着的家伙开始上升。

小船里的孩子们露出了笑脸,但,他们高兴得太早了。痉挛中挣扎的海蝙蝠不断地用胳膊、翅膀尖及尾巴拍打,其中一下打中了小船中部,小船像拍蛋壳似的被打碎了。

孩子们落入水中,他们尽快地游开,远离那条正在扑腾的鱼。上尉扔出一根绳子,哈尔和罗杰上了帆船。

他们回过头,看到奥默被那家伙剪子般的尾巴击中了,躺在水中。他昏迷不醒,鲜血流了出来。附近的鲨鱼嗅到血腥味立即朝他游来。

当哈尔拔出刀准备再次跳入海中时,上尉说:"别动,你救不了他的。""螃蟹"吼道:"让他沉下去,他只不过是个卡那卡人。"

哈尔被"螃蟹"侮辱性的语言激怒了。他潜入沾有血污的海水,抓住上尉递给他的绳子,把它捆在奥默的身上,同时,不断拨水,用刀子向好奇的鲨鱼挥舞着。

奥默被拖上了船,哈尔却在不断地躲避着鲨鱼。当绳子又被扔过来时,他立即抓住,一秒钟也不敢耽搁地上了船。

奥默苏醒过来,他刚刚睁开一只眼,说了一声谢谢,就又闭上眼,陷入了昏迷。哈尔为他包扎疼痛的伤口。

"一条好好的小船报废了。"上尉望着被网中那愤怒的家伙掀起的泡沫中漂浮着的碎木片,懊悔地说。"向上提起来!"他喊道。挣扎着的海蝙蝠不断翻动,它的牙和脊背将网割断了十几处,但网是用直径2厘米大麻粗绳制成的,足够裹住它,直到把它拖进水箱里。

哈尔很高兴看到水箱刚刚够大,装下了这个大家伙,但这家伙并不喜欢这个新家,它几乎将所有的水溅到水箱外。水泵开

5 巨大的海蝠鲼

了,把水又灌了进去。看上去这家伙好像想从监狱似的水箱中跳出来,在甲板上折腾一番,拆毁其所有设备。水手们奋力将水箱的盖子盖上。

盖子最终被盖好了,然后大家都挤在一起透过玻璃小孔看他们的战利品。它已停止挣扎,静静地躺在水箱底部,像个巨大的黑色毯子。网仍然套在它身上。

"我们怎么卸网呢?"罗杰想知道这个问题。

哈尔不想让他的不情愿的客人再折腾一回:"我们把它放在网中,这样也好把它从水箱中弄出来。再过一两天我们就到檀香山了,我们将把它放在运货的蒸汽船上运回家去。然后水箱就能空出来以便我们再抓个大家伙。"

"或许是条章鱼?"罗杰盼望着。

"或许是,但现在,罗杰,你被指定为饲养员,你得抓足够多的鱼使这家伙吃饱,高兴吗?"

"我们没有小船钓鱼。"罗杰嘟囔着,接着他的眼睛一闪,"我想我知道如何为这位尊敬的陛下捉到足够它吃的鱼了。"

当夜幕降临时,罗杰机敏地点亮了一个电筒,使它在帆上形成一束亮光,成串的飞鱼迎着光袭来,开始往船上跳。当足够海蝠鲼吃一顿时,罗杰和奥默把它们收集起来,倒入水箱中,顷刻间,这些鱼就消失在海蝠鲼巨大的嘴里了。

6
环状珊瑚岛

"难怪人们喜欢来这度假!"哈尔赞叹着。

"快乐女士号"靠近了宝石岬,驶过威凯凯附近白色的海滩,那些飞速的冲浪板上,直立着高大的褐色皮肤的巨人,他们又越过一片可爱的棕榈树和鲜花盛开的林木,在檀香山港抛了锚。

夏威夷是孩子们梦想的地方,可惜他们停留的时间太短,他们只修理了一下水箱,并把战利品,包括那只海蝙蝠,送上"太平洋之星号"货船上,它们取道巴拿马运河被送回纽约和伦敦。

奥默不喜欢孩子们那么钟情于夏威夷,他认为在太平洋上,有些岛屿更具有异国情调。

"夏威夷算什么,"他说话时耸了耸褐色的肩膀,"等你们看到环状珊瑚岛就知道了。"

一只新船被放上帆船,替代了那只被过于强壮的海蝙蝠打烂的小船,"快乐女士号"又起航了。

当帆船靠近数不清的岛屿和马歇尔群岛时,海上充满了生机。海豹和海豚一直和帆船竞赛了几千米,时而,它们退出竞争,向高处或远处跳跃,时而,又像肥胖的小狗在一起嬉戏,另一头抹香鲸跟随小船走了一天。

有一天,一条鲸鲨——它本是鲨鱼,却像鲸一般大,它那又可怕又难看的头在撞击帆船中找到了乐趣。看上去好像它经常用

6 环状珊瑚岛

头顶撞什么。它的头已经扭曲,并且非常粗糙,现出一副可怕的表情。

艾克上尉说鲸鲨对人无害,那晚,罗杰却梦见了它。他在恐惧中醒来之后,打亮手电,竟好像还能看见鲸鲨趴在他的床边,用那可怕的面孔恶意地瞪着他。

晚上,大海像闪烁着的银河,成百上千万的浮游生物和微生物泛着磷光。

船尾的渔网捕获了许多奇妙的生物。每当船只航行中遇到一群大鱼,一只大拖网就被甩入海中,这意味着将有可能捕到一条脾气暴躁的海鳗,接着是一条剑鱼。

剑鱼也给他们带来了麻烦,它的剑像骑士用的兵器一样锋利,可以给人以致命伤害,当它向船进攻时,一剑就能把船撞沉。

剑鱼在水箱中还没待上一小时,就用它的背刺穿了监狱般的箱壁,水流了出来,孩子们不得不用水泵抽水重新灌注。此时,剑鱼却气喘吁吁地躺在缺水的水箱底下。

为了抢救剑鱼,他们采取了果断行动,很快补好了漏洞。但怎样才能防止发生类似的事情呢?

罗杰想出了一个好主意。

"用拳击手套怎么样?"

孩子们随身带了两副拳击手套,用来在海上生活枯燥时解解闷。

罗杰溜进舱底,拿出了一只手套,还有一个顶针。

站在一旁的"螃蟹"现出轻蔑的表情。

29

"你觉得用一只拳击手套和一个顶针就能制住那个野兽吗?"

顶针很大,是为海员准备的。哈尔立刻也想出了主意,朝他聪明的弟弟投以会心的一笑。

罗杰把结实的顶针套在剑鱼的刺尖上,然后用拳击手套盖住顶针,再用小刀在刺尖上划了个凹口,把手套牢牢地系在上面。

水抽入了水箱。剑鱼慢慢恢复过来了,它懒洋洋地游着。接着,它又开始向水箱壁发动了进攻,然而,这次是拳击手套撞到水箱壁上,它被弹了回来,水箱却完好无损。

这条180千克重的鱼不时将身体的重量集中在剑上,撞击水箱壁,但它的剑尖已被那个神秘的东西套住了。最后,它无可奈何,把注意力转到水箱中的食物——鲜鱼身上。

"陆地!"奥默从桅顶喊道。

艾克上尉瞭望着:"没错儿,是陆地!"

罗杰和哈尔瞪圆了眼睛也未看到有像陆地样的地方。

他们的确看到了很新奇的东西。在他们正前方的地平线上方,有一片瑰丽的绿色彩云,或许,不该称它为云,它更像一束光,一束灿烂的光。

在日出或日落时,人们可以看到天上呈现出绿色,但谁能在上午的时候看见过绿色天空呢?

空中燃烧出一束波动着的光,像是由火焰或是气体或是水波浪组成的。它似乎要散开、飘逝,然而,一会儿却又聚到一起像最初看见时那么灿烂夺目。

"它到底是什么?"哈尔问奥默。奥默正在甲板上,他被哈尔的迷惑逗乐了。

6 环状珊瑚岛

"是比基尼环状珊瑚岛,"奥默答道,"并不是我们看到了珊瑚岛,而是我们通过天空中映现出的光束得出判断的。"

"那束光是怎么形成的?"

"是环礁湖的反光。在一些地方,白沙洲和珊瑚组成的浅滩,使海水呈淡绿色,在天空形成了海市蜃楼,看到这种景象的半天之后才能看到那个岛屿。"

午后,船渐渐靠近它,比基尼岛的棕榈树竖立在地平线上方,哈尔和罗杰欣赏着他们见到的第一个环状珊瑚岛的美景。

它像海面上的一串珍珠项链,一大圈珊瑚礁围成一个环礁湖,海浪凶猛地拍打着暗礁,溅出白色的浪花,但礁内却很平静,闪烁出蓝宝石样的光芒。上尉告诉大家,这片湖很大,有32千米宽。

微小的珊瑚虫勤奋地建起了这条长长的珊瑚礁,棕榈树和其他植物的种子漂过大洋,被浪打上了珊瑚礁,在一些珊瑚和沙洲上发芽、生长、结果,形成了小岛。这里,可爱的绿荫岛屿和其他光秃秃的珊瑚礁形成了鲜明的对照。

这里的岛屿中有的很小,只有"快乐女士号"那么长,有的却有一英里长,但它们都很窄,海岸和湖水岸之间不过几百码的距离。

由于环礁湖有三处断开,使帆船得以驶进湖中,"快乐女士号"取道东南方位。船在强风推动下驶得飞快,风浪不时抽打它的尾部,使它危险得左右摇晃。海水从断开处涌进环礁湖,像从漏斗中倾出的水流,急速冲打着船只,似乎要把它抛向锋利的珊瑚岩上。但艾克上尉了解他的船的脾气,带着它安全地驶入了平

31

静的绿色的镜子般的湖中。小船在离长满棕榈树小岛的白色沙滩旁1锚链长①的地方抛了锚。

哈尔研究着上尉的海图,图上标示出珊瑚礁上的20个小岛,手边的一个叫恩圩,其他岛的名字分别是比基尼、奥米昂、纳木、如可基、埃尼瑞库,还有一个说起来很拗口——沃克格瑞尤卢。

环礁湖的东北角上有一个十字。

"画的这个十字是什么意思?"哈尔问。

"那是试验原子弹的地方。"

"你,怕辐射吗?"

"不!"上尉说,"那些爆炸试验是在1946年进行的。当然,爆炸使万物都受到了辐射,土壤、椰子树,甚至鱼类也难幸免。但现在,科学家们说这地方对人类没有危险,只要他们不常待在这里。"

"那些在爆炸之前住这里的当地人怎么样了?"

"那时,有165人住在这里。他们和他们的国王犹大搬到从这里往东200千米的昂捷瑞克岛去了。"

"这不是太粗暴了吗?我是指他们被赶出了家乡。"

"是的!"艾克上尉赞同道,"他们不喜欢昂捷瑞克岛,那里没有鱼,能吃的植物也微乎其微,国王只有求救于美国海军,才使他们免于饥饿。后来,他们又搬了家,搬到了犹杰朗岛。"

"他们还在那儿吗?"

---

① 1锚链长,合185米。——译者注

6 环状珊瑚岛

"还在。但并不快乐,他们以前的生活方式已荡然无存了。和这个岛比起来,那个岛很穷,他们不得不依靠美国海军提供食物,他们对生活已失去了兴趣。"

"真不幸,"哈尔很同情这些人,"但我想他们也做不了别的什么事情,原子弹爆炸试验是必须进行的。这里还要进行更多的试验吗?"

"很难说,但现在的主要基地是艾尼维托克岛,距这里以西大约300多千米,我们将经过那里。"

"我想那儿的土著人也被赶走了吧!"

"共147人,"上尉闪动机警的蓝眼睛,微笑着,"行了,"他说,"不要为这些卡那卡人伤感了,他们一向被赶来赶去的,我想他们今后的命运也不过如此。"

小船放了下去,所有的人都上了岸。脚下踩着坚实的土地真是太好了。这个岛很富饶,是个美丽的花园。如果说树木曾因原子弹爆炸受到过破坏,那么,现在几乎找不到受损害的痕迹。尽管人类可以进行这种毁灭性的试验,大自然终究得胜了。

环岛漫步一周只用了半小时。这里已无人居住,天黑了,他们围在篝火旁吃野餐。哈尔注意到,奥默正在沙滩上漫步,或许他在欣赏夜幕下平静的湖水吧!过去的几天里,哈尔奇怪地感到他的情感和奥默在靠近。哈尔欣赏奥默公平的立场,他的耐心、乐观,他驾船的技术,还有他内在的勇气。哈尔不知道奥默现在回到了他所热爱的岛屿会想些什么。

他跟大家说了一声,也走向了沙滩。他发现奥默正靠在一棵椰子树上,凝视着湖面。奥默似乎完全沉浸在对往事的回忆之中，哈尔走过去，但没有打扰他。

现在，平静的湖水由绿色变成了黑色，看上去像一面黑色玻璃，湖面映出蓝白色的织女星、黄色的大角星、焰红色的天宿二星……成千个光点在它表面上闪烁；在几小时内，它还会映出南十字座，尽管比基尼岛在赤道以北12度，南十字座仍能看得很清楚。

万籁俱寂，只有海浪冲打珊瑚礁的声音，环礁湖周围其他的岛屿都消失在黑暗之中。

"很久以前我来过这里一次，"奥默开口了，"那时人们还住在这儿，这是一片乐土，现在它却充满了忧伤。"

"但必须这样，"哈尔答道，"我是说，原子弹爆炸试验必须进行，人们也应该承担由此而带来的一切后果。"

"我知道，我知道，我不责怪任何人。"

他们在伸向海滩的沙洲上坐下。

"奥默，"哈尔说，"为什么你的英语说得这么好？我觉得这里的人讲的都是洋泾浜英语，或者，你们称它什么来着？对，混杂着土话的英语。"

奥默咧开嘴露出白牙笑了，"我很高兴你喜欢我的英语，我是从一位美国女传教士那里学来的，她是个好人，她教了我们很多东西，有些来访者就没有那么善良。"

哈尔不需要问就知道他的话是什么意思。早期来到这片水域的欧洲人和美国人更感兴趣的是椰肉干和珍珠，友善不是他们的目的。这些人把疾病传染给当地人，纵容人们沉湎于嗜酒之中，还用武器杀害他们。然而，这种残酷的事情已经过去了吗？他想

6 环状珊瑚岛

起那天"螃蟹"说的话:"让他沉下去,他只不过是个卡那卡人。"奥默听到这番话了吗?

"奥默,"哈尔说,"我想让你帮我办件事。"

奥默真诚地转向他:"没问题。"

"我听说你们有个交换名字的习俗,两个朋友交换名字意味着他们是拜把兄弟,随时准备为对方的利益献出自己的生命,你愿意跟我交换名字吗?奥默!"

奥默想回答他,但喉咙哽住了。借着星光,哈尔看到眼泪顺着这位褐色皮肤巨人的脸上滚了下来。接着,奥默那双有力的手握住了他。

"我愿意,"奥默说,"在我们两人的心底,你将是奥默,而我将是哈尔,我们为自己做的事情也是为对方做的事情。"

7

生与死的搏斗

罗杰似乎永远也改变不了这个想法,那就是这次航行是专门为他的兴趣而安排的一次游玩。

他生活中的一个主要目标是过好日子,他喜欢哥哥那样的严肃,但对自己来说,他更愿意欢乐。

因此,第二天早晨,他并没有沿着珊瑚礁寻找生物,而是脱掉短裤,潜入凉丝丝的水中。

这里是珊瑚礁靠近海洋的一边,那天早晨,除了缓缓的波浪,海面很平静。

哈尔看到他弟弟潜入水中,宽容地笑了笑。这孩子还小,不能坚持长时间的工作,让他玩去吧。

哈尔跟着奥默、"螃蟹"和上尉沿着珊瑚礁察看,他看见浅水湾里有小章鱼之后,又接连发现几只,每只都有盘子那么大。奥默捡起了几只,说要用它做午餐。在海岛上,章鱼的触手被认为是很好吃的东西。

和同龄人相比,罗杰的游泳技术是相当不错的,他对在水面上游和潜水都很在行。现在,他潜入水下几英寻①,睁开眼,欣赏着奇妙的珊瑚造型。

---

① 英寻,测量水深用的长度单位,每英寻合1.829米。——译者注

7 生与死的搏斗

珊瑚壁上出现了一个洞,他游了进去。照在珊瑚架上的阳光被反射进岩洞,里面充满了温柔的蓝光。这美妙的地方真令人迷惑,珊瑚虫显示出它们建筑师般的技巧,底和壁是由蓝色、白色、玫瑰色以及绿色构成的,真像是传说中的城堡和宫殿。

罗杰在水下的时间太长了,他不能总留在这里欣赏景色。他刚要向上游出水面时,突然注意到海水并没有淹没岩洞的顶部。

他直起身,把头露出水面,在水面和岩洞顶部之间刚好能容下他的头的位置。

他又策划了一出恶作剧,如果他在这里待一会儿,让上面的人着急,该是多么好的玩笑。

他知道他们看见他潜入水中了,如果他不上来,他们会认为他已淹死了,他们就会潜入水中找他,但他们并不一定会发现这个岩洞。

或许他们想到他死了,会更珍惜他。

他脸朝上浮在水面,可以自由地呼吸,充足的空气从他上方多孔的珊瑚中飘进来。

他模模糊糊地听到上面有人叫他,又听到扑通扑通跳入水中的声音;他静静地躺在那里,自鸣得意。

10分钟后,他吸了口气,向下游出了岩洞,他没有直接浮上水面,而是沿着环礁湖游了大约18米,他知道那里靠近岸边,长着许多棕榈树。

然后,他轻轻浮出水面,出水时没有一点儿声音,又藏在了一棵树的后面。

他先听到了哈尔痛苦的声音:"我不知道我该怎么向父亲解

释,我应该看严他。"

然后是艾克上尉的声音,"可怜的孩子!他是个多么好的孩子,我伤心透了,真的。"他说到最后好像哽咽了。

就连冷酷的"螃蟹"也说了些好话。奥默刚从水里上来,他努力地安慰哈尔。

罗杰忍不住笑出了声,然后,他从树后走出,大笑起来。

上尉、"螃蟹"和奥默突然把他按倒,哈尔扇了他一巴掌,他却仍然在笑。

"我得让你记住,你这个发了神经病的无赖。"哥哥气势汹汹地说。

当他那些生了气的同伴们继续寻找海洋生物时,罗杰还躺在珊瑚礁上笑,他笑得直恶心。

"这样会教你别躲藏在树后面!"哈尔回头又说了一句。

罗杰站起来。"但你们都错了,"他嗤笑着说,"我没藏在树后,起码大部分时间没有,你们看,我证明给你们看看,你们盯着这棵树。"

他又潜入水中。

哈尔受骗已不止一次了,他为什么盯着那棵树呢?罗杰不会从同一棵树后面出来的,这次他会选择另一棵树。

哈尔绝没想到水下还有藏身之处,他跟着其他人一起走下海滩。

当罗杰游进岩洞时,他看到一个什么东西,像一条巨蛇横卧在洞底,它的另一端消失在岩洞后面的一个黑洞里。

7 生与死的搏斗

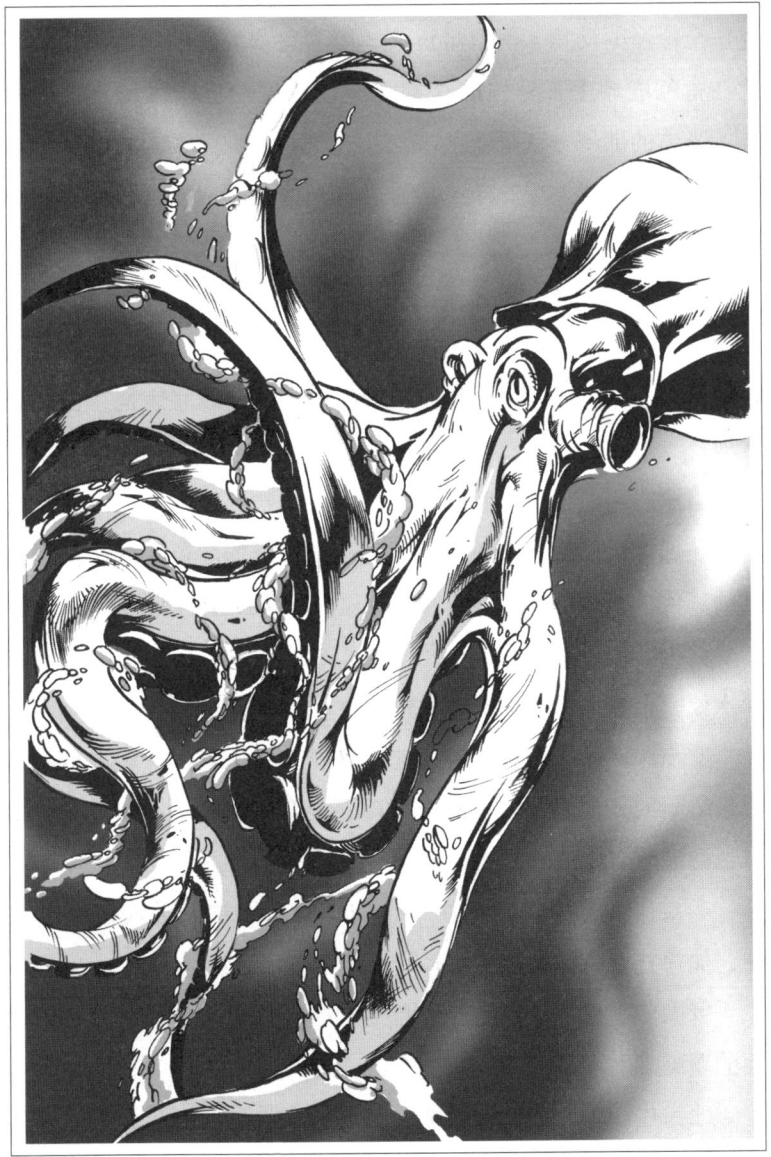

他又回到洞顶，吸了口气，然后向下察看，以便更仔细地研究这个奇怪的动物，但很难辨认，因为它和洞底的颜色一样。它伏在粉色珊瑚上，身体的这部分颜色就呈粉色；伏在蓝色的地方，身体的那部分就呈蓝色。

很快罗杰又发现一条，接着又看到两条，它们的一端延伸在黑洞里。

洞中的那部分是什么样呢？

这是个没有一定形状的像个袋子样的球状的东西，长着两只眼睛，很小，且向两边斜视，带着令人害怕的邪恶表情，正盯着看他。

当罗杰明白是怎么回事时，不由一阵寒气袭来。在洞底像条变色龙那样，根据周围环境的颜色改变自身的颜色，以便隐藏自己的家伙，正等待自己向它靠近。这是一条成年的大章鱼。

他很害怕，却不觉得奇怪，在浅水处能发现小章鱼，自然在深水处就会有大章鱼，他却没料到章鱼会和他选择同一个洞。

罗杰深深吸了口气，因为他知道如果和那家伙纠缠，是需要很长时间的。他用力划水向岩洞口游去，他的头、手和肩出了洞口，游进了自由的海洋中，再划一下水就可以脱险了。

不知什么东西轻轻缠住了他的脚腕，他被温柔地拖回了洞中，他挣扎着，但脚腕已被轻轻地却又牢牢地缠住了。

罗杰伸手摸刀，可是刀子和挂刀的皮带连同短裤一起脱到上面的珊瑚礁上了。

他抓住触手，把它从脚腕上脱下来。触手是由两行吸盘排列起来的，脚腕上的东西松开了，另一只触手却绕在一条腿上，还

7 生与死的搏斗

有一只轻轻缠在他的肩上。

此时,他大喊救命,哈尔和其他人就在他上方等他出来,他们会听到他的叫喊,来救他的。

呼喊使他在水中气喘吁吁,如果再过半分钟,他得不到呼吸,就危险了。他向岩洞顶部攀着,抓着四壁突出的珊瑚块,努力向上爬。

"海中大怪"却将一只沉重的臂膀压在他肩上,罗杰挣不脱。最后他用尽全身的力气,向前冲,触手随着也向锋利的珊瑚岩上撞去。

传来像人呻吟般的声音,章鱼放松了缠在他肩上的触手。他自由些了,而他的腿仍被缠着。但他设法钻出水面,足足吸了一口气。

然后,他大叫起来,那是什么样的叫声啊!给任何球赛助威时也没有这么大喊大叫过。

"喂,哈尔,章鱼,哈尔,快来!"

他深深懊悔和哥哥开玩笑,假装出了事故,让朋友们焦急。现在,自己真的出事了,他们会不会认为他又在耍花招呢?这个曾经多次喊"狼来了"的男孩儿……

章鱼还在拖拉他的脚,他再一次声嘶力竭地叫了起来。

"哈尔,真的,一条章鱼拖住我了!"

在他又被拖入水中前,他匆忙再吸了一口气。

现在,巨大的触手将他团团裹住,肩膀、胸、肚子和腿都被缠住了。

他想起了亚马孙探险中的蟒蛇,这些触手就像顷刻间有 8 条蟒蛇同时袭来,它们开始在他身上越缠越紧,他的肚子和胸部也被缠紧了,他的心脏跳得慢了。如果这种可怕的压力再大一点儿,心脏就会停止跳动的。

好像有人或是什么东西堵到了洞口上,光线遮住了,一定是哈尔,罗杰扭转身体,想看个清楚。他看到了一条虎鲨鱼,这位海中清道夫的光临一定是嗅到了刚才罗杰在碰撞礁壁时,被划伤后流出鲜血的血腥味。

这位意想不到的来客着实影响了章鱼的情绪,它立即放开了男孩,身体变成了愤怒的紫色。

随着吸水,章鱼的液囊膨胀了,接着,液囊突然缩小,它朝敌人以迅雷不及掩耳之势射出像鱼雷样的东西。

此时,它很像一架喷气式飞机或是火箭,水突然地以极快的速度从驱使它前进的漏斗中冲出来。然后,它的触手回收到身后,又像是长尾巴的彗星。

大章鱼用8只有力的"臂膀"以及镶嵌在上面的数百个吸盘拍打着这条敢于争夺早餐的无礼鲨鱼。岩洞口外,一场大规模的争斗展开了。罗杰只能偶尔看到搏击的鱼鳍和紧缠的触手,当章鱼从装墨的液囊中释放出一团团烟幕时,他更看不清了。

刚才的冒险行动简直就等于自杀。罗杰喘着气,休息着,他一次又一次地希望这两位竞争者远离洞口,以便他能逃脱。

他又喊了起来,但他已不期望他的朋友们还在附近了。

现在,他除了黑云外什么也看不见,这两个致命的敌人或许正在黑云中搏斗,或许它们都走了。

必须利用这个机会!他吸了口气,向下游,刚游到离洞口一

7 生与死的搏斗

半的距离,他又扭转身体回到洞顶,因为他看见海中大怪透过烟幕正向岩洞中观望。

只剩它一只了,很明显,它战胜了它的竞争者,现在,它用触手走进洞来,它走路的样子像竖起脚尖旋转的舞蹈家,更像个巨大的蜘蛛。

它的步履精巧,几乎可以说是优雅,它又像一只追踪耗子的猫,身上呈现出彩虹的颜色,罗杰早就从和艾克上尉及奥默的谈话中得知,这是章鱼暴怒的特征。

章鱼的感情很丰富,它能够爱小章鱼,也能恨敌人,它高度发达的大脑比任何鱼都聪明,它的眼睛像人的眼睛那样明亮,又像狐狸的眼睛那么狡猾。

罗杰看到这个野兽的套膜在膨胀,他又喊叫起来,因为他知道,最后的决战就在这几秒钟之内了。

章鱼又将水枪泡缩紧了,接着,它穿过湖水向上冲去,用触手抽打它的"早餐"。

一个没有奋斗精神的男孩儿现在可能会放弃拼搏,但罗杰在不断地反抗着,同时,他也在努力回忆奥默告诉过他的一些事情,一种住在岛上的人用来征服深海动物的方法。对!与两眼中间的中枢神经有关,如果你能打在它的中枢神经上,它就会瘫痪。

他仍有得胜的希望,他不仅要战胜这个魔鬼,他还要抓活的,他们还想收集一条章鱼,如果他表现好,哈尔他们或许会原谅他刚才给他们带来的惊恐。

他抓住珊瑚礁,尽可能长时间地将头露在水面上,接着,章鱼凶猛地一拽，将他拖入水中，但他的肺中吸满了空气，心中充满了战斗豪情，只是这次他没有跟章鱼抗争，他想保存实力。

他被拉向那两只凶狠的眼睛，它们就像他在父亲的野生动物基地中见到的残害动物管理员的愤怒的犀牛的两只发光的小眼睛。

仍藏在套膜中的下巴现在露出来，章鱼张开嘴迎向罗杰，它的形状像鹦鹉的嘴，不过要大得多。它一口就能咬碎一只椰子或是一只"螃蟹"——那么，罗杰的脑袋又算得了什么呢？

罗杰想离章鱼再近一些。

他装得比实际上还要虚弱，海中大怪会认为他已放弃抗争，章鱼现在不那么紧紧地抓住它了，它也不需要那么做，看来，这还是个好对付的，它把罗杰拉得离它更近。

他觉得他的肺好像要爆炸了，他必须再坚持一会儿，那东西在哪儿？奥默说过在两眼中间，身体上所有的神经都在豆粒儿大的神经中枢汇聚。

对，就在那儿，一个小肿块，像一个粉刺或是瘊子。他正视章鱼那对仇恨的眼光，心中不免害怕它是否会猜出自己的心思。他试图放松肌肉，显得毫无生机，这样，当他突然行动起来时，才会使章鱼觉得意料不到。

猛地一转身，他紧紧地用牙齿咬住了那块豆大的突起，然后，他狠狠地咬了一口。

剧痛中章鱼发出似人声的呻吟，它无力地挣扎着，向水中喷墨，吸盘也失去了控制，触手松开了。

罗杰做的第一件事是浮到水面上呼吸，再憋一会儿就受不了。他休息了一会儿，章鱼毫无活力地瘫倒在他身下。

7 生与死的搏斗

他希望他的用力一咬仅使章鱼瘫痪，可奥默曾说过，用这种办法可以使章鱼致死。当这家伙一动不动时，他开始着急了。

他潜入水中，抓住章鱼的一条触手，将它拖出洞，虽然它的体积很大，但却不重，除了它的嘴外，它并没有骨架。

罗杰又见到阳光时，他激动得叹了口气。世界从来没有这么美好，或许现在罗杰比半小时前长大了许多——长大了，也更聪明了，他对生与死有了更好的认识。

他从水中爬出，看到其他人在珊瑚下面，就喊他们，他们回过头，当他们看见他从水中提出东西时，都跑了过来。

"天啊！"哈尔惊叫道，"你手中是什么？海中大怪，它死了吗？"

"我希望它没死，"罗杰说，"我们怎么把它弄上船呢？"

"把它放入水中，"奥默警告他，"太阳会杀死它的，我去划小船，船在岛的另一侧。"

当奥默去划小船时，罗杰叙述了他这次冒险的经历，哈尔的脸不时一阵发白一阵发青，"螃蟹"的眼睛也好像要从他那张难看的脸上跳出来了。

"也许你喜欢恶作剧，但是，"艾克上尉在罗杰叙述完毕后说，"你也很勇敢。"

奥默划过船来，"你们就坐在船尾拖它，"他建议道，"让它在水下。"

他们划出环礁湖来到大船边，一条绳子捆住这个大家伙，再把它从水中提起，立即放入水箱中。

"如果它要伸展手臂，那水箱就太小了，它的每只触手都有近 4 米长，但它用不着伸展手臂，"奥默说，"它习惯于像个球似的缩成一团。"

章鱼出现了恢复生命的迹象，它的眼中露出了光泽，身上出现了不同的颜色，触手也开始蠕动。

液囊膨胀了，章鱼以火箭般的速度穿过水箱向一边的箱壁撞去，然后，它又向另一方向飞出，撞在另一边的箱壁上。当发觉自己成了俘虏时，它开始用它运动的 4 种方式猛烈地冲撞——用触手行走，用嘴划行，用触手划水游泳，或像喷气式飞机一样在水中飞行，接着它不寻常地开始吃自己的触手。

"它们会这样做的，"艾克上尉说，"有时，它们被逮住后，就咬掉自己的触手。这是对自己的不小心而疯狂地自责，注意，你们的客户是不需要没触手的章鱼的。"

奥默已想到这个问题，他拿来一只空桶，将它放进水箱，再将它侧着完全放入水中。

章鱼立即收回了触手，缩进黑暗的桶中。

"在海底，"奥默说，"它们总是喜欢类似的黑洞，它觉得在那儿很安全。"

8 飓风

黎明时分，船上的每个人都很易怒和神经质。

"快乐女士号"离开了比基尼岛，再一次顺流而下，驶向旁内浦。缓风拂面，海面平静，并没有什么明显的原因让人觉得焦躁不安。

但微风不再给人以清新的感觉，空气很热，好像是从蒸汽浴室中飘出，又似舱底的封闭空气那样混浊。

微风没有带来生机，它使你恶心，使你觉得好像要把吃的早餐全吐出来。

天不再是蓝色，而是白黑色。

现在什么东西也不可能同时是白黑两色，天空却是这样，一种白黑色布满天空，向船上压来，压迫着人的精神。时间是正午12点，但你会认为此刻是黎明即始或是黄昏即逝。

哈尔站在望远镜旁，手里拿着六分仪，设法测定船位，接着，他拿起航海年鉴，计算船的位置。

哈尔是怀着一种心愿学习航海，不仅因为它对每个人都有用，而且，如果他想完成理查德·斯图文森教授的秘密任务，航海对他来说也是至关重要的。

每天，那个没写下来的数字都会在他脑中重复十几次——北纬11°34′，东经158°12′——珍珠湖的位置。

有一个问题他仍未解决,他怎么能到达那个岛,又不泄密呢?如果艾克上尉、"螃蟹"和奥默一起去,他们3人就都会知道珍珠湖的位置。

他觉得可以相信奥默,但他不太相信上尉和"螃蟹",他们会不会和恐吓教授并翻他档案的人员是一伙的呢?他们的一些行动也曾使他怀疑。

不论怎样,如果这几个人不跟随他和罗杰去珍珠湖,他会觉得更安全些,但没有懂得航海的人的帮助,他也是绝对到不了珍珠湖的。

答案很简单,他必须自己学会航海,学会在白天、黑夜怎样使用航海仪器行船,那他才能将船驶向海中那个特定地点:北纬 11°34′,东经 158°12′。

甩掉船长和"螃蟹"是一个亟待解决的问题。

上尉看到他在沉思,插话了。

"有困难吗?"

"不能让天晴起来吗?"哈尔抱怨着。

艾克上尉抬头望天,通常阳光明媚的天空现在变得灰白,而且越来越黑,好像在做鬼脸。

艾克上尉又看看温度计,它一般都在30℃以上,可现在,它已落到29℃。

"看上去要起风了。"艾克船长说。

这句话使哈尔感到奇怪,事实上,风不但没有越刮越大,反而减弱了,帆松弛了,帆杠无力地摇晃着,最后,风全停了。

"怎么回事?"罗杰问。他从船底爬上来,从前天和章鱼搏斗

8 飓风

后,他一直在休息,他的身上满是章鱼吸附的环状条纹,"我几乎喘不过气来了。"

好像有一条大毯子压到船上,人在它下面快要窒息了。

"飓风!"艾克上尉说。再没有什么样的天气比飓风到来之前更了无生机,更平静了。"奥默,把每样东西拴紧!'螃蟹',把帆降下来!""螃蟹"懒洋洋地走向主桅杆。"快点儿!"上尉喊道,"没有时间耽误了!"然后,他和哈尔及罗杰将船首三角帆和支索帆放下。

三角帆上部的扬帆绳塞进了滑轮中。

"得上去把它拉出来。"上尉说。他看了看水手们,奥默和"螃蟹"正忙碌着;他自己年纪大了,不能再爬桅杆了,经过和章鱼搏斗的罗杰,也很疲倦。

哈尔跳上绳梯横索,开始向上爬,他爬过撑持桅楼的横档,爬过桅顶瞭望台,直到最高处,把绳子拉了出来,帆落下来了。

与此同时,人们也在甲板上忙碌着。奥默盖上舱口盖,捆好小船,支撑住盛章鱼的桶使它不至乱滚,并检查所有水箱盖子是否安全;如果"螃蟹"愿意,他也能很快地干活儿,但当上尉要求他快点儿时,他却慢腾腾的,黏糊得像糖浆,并以此为乐。他将主桅杆、三角帆及船首帆缩好,然后,在储藏室停了下来,大口大口地饮酒。

上尉开启了发动机,面对即将发生的危险,要紧的事情是在风暴到来之前顶风停船。

"快乐女士号"使用帆时是很自如的,但改用发动机,它还需要一段时间来适应。当风暴来临时,它刚刚转了一半的方向。

在桅杆上的哈尔看到了风暴的到来，他来不及下来了，便设法跳进了瞭望台，蹲在那儿，准备着风暴的袭击。

飓风掀起巨浪，尽管哈尔在很高的位置上，浪仍高过他，这一次浪，宣告着飓风到来了。哈尔注视着巨浪，浪尖下面像陡峭的悬崖，绿色旋涡的周围旋起白色泡沫，难以说清有多少吨水停留在海天之间，它们一起向"快乐女士号"砸来。

船以侧舷开始向浪尖爬，它的右舷被提起，桅杆倾斜成水平状，哈尔再向下看，已见不到甲板，而只是一片海水。

他该不该跳入水中呢？漂浮着的东西是经不住这样的翻腾的，船可能很快就会沉没，那样，他会被索具缠住，永远也不可能浮到海面上来。

但什么东西使他坚信"快乐女士号"不会覆没，他等了一会儿，当巨浪落下时，他却害怕了。他被猛烈地一击，但他并没有摇晃，其实他并不可能晃动，因为桅杆压在瞭望台上，即使他想逃脱，也动不了。

下落的波涛给他的腹中灌满了咸咸的海水，他觉得浑身无力。整个事件似乎令人难以相信，他怎么能在高出甲板12米的地方被水淹没呢？

罗杰在哪儿？他是否被冲进海里？从未想到飓风会是这样，他能不能从这巨浪中脱身呢？

接着，桅杆好像又一次竖直了，他向下看看甲板应在的位置，可除了翻腾的海水外，什么也看不见。

然后，海水退了，甲板露了出来，他寻找着罗杰，他就在那儿。聪明的弟弟用绳子把自己捆在前桅杆上，看上去他更像已经

8 飓风

死了,但他仍和船在一起。上尉倒在船尾地板上,奥默像只从海里蹿出的海豹,忙着修复被毁坏的船舵。

没有"螃蟹"的影子。

"螃蟹"从不知有什么酒这么快就发生作用,他刚一喝完,头就猛地撞在了货船的顶部。盒子、桶、箱子、罐头纷纷扬扬地落下来,又被一袋破了包的面粉盖住。"螃蟹"靠在墙壁上,头顶着天花板,被摔落下来的东西埋住。船一摇晃,他身上的东西被抛开,随即又向他扑打回来,他被打得青一块紫一块的。

他奋力甩掉压在身上的东西,跌跌撞撞朝门边走去,可门关得很紧,他打不开。门并没有锁,这扇门是从来不上锁的,他用尽全身力气也打不开,外面响着可怕的喧嚣声。

风终于刮起来了,它封住了门,就像用钉子钉死一样。房子侧过来了,"螃蟹"此时是实实在在地站在墙上了。

一切事物瞬间停止了运动。"螃蟹"突然明白,现在设法出去才是傻瓜,他应该在这里休息,让其他人去工作。毕竟,他们是不会责怪他的,因为门关得这么紧并不是他的错,想到这里,他在墙上躺了下来。

在大浪与风的间歇中,哈尔滑到了甲板上。船朝向风的一面是船底,甲板比屋顶还要陡,船并没有倾覆,它好像被一只有力的手托住了,海水像巨浪到来以前那么平静。

在风的推动下,海浪又开始翻滚。

小发动机在运转,随着发动机的轰鸣,船渐渐地平衡了。巨浪像移动的摩天大楼朝远处滚去。

当船头转向风暴时,甲板上的人感到了它的威力——简直是

51

倒向你的一面墙。哈尔试着迎风站立时，风吹得他睁不开眼睛，胸部似乎快被这巨大的压力压炸了。如果他事先没有把自己绑在桅杆上，就会像一片树叶那样被吹跑，他不得不蹲下身，寻找一个避风处。

后来，当上尉告诉他当时风力有12级时，他完全相信，这比通常预报的6级以上的强风还要强两倍。

哈尔产生了一种奇怪的兴奋心理。过去他曾想象过飓风的威力，也还在书中读过飓风的由来——从魔鬼哈里肯那里得名，哈里肯是中美洲印第安人的雷电之神……飓风在世界各地还有许多种奇奇怪怪的称呼，比如在西太平洋，人们根据中文称它为"台风"，但无论怎样称呼它，这一次经历是他一生中难以忘怀的。

在桅杆后面要比在桅杆前面风小，风旋转着从两个方向吹过，两边的风速不同，形成了空隙，溅到船头上的海水变成的水雾，也被风急速地吹跑了。

哈尔试着伸出手，发觉触摸水雾很危险，手被一股极大的力量击了回来，手指被水雾打到的地方流出了鲜血，手臂触电似的发麻，哈尔估计风速足有每小时240千米。

巨浪过后，风很快又打破了平静的海面，海水像跳动的水山般的活跃，平静了一会儿的船又开始颠簸，船首向下倾斜，扎进了海水中。

哈尔庆幸有桅杆把自己绑在它上面，罗杰绑在另一根桅杆上。奥默继续像只猴子在甲板上跳来跳去。艾克上尉仍躺在船首地板上，他的手紧握舵柄。仍然没有"螃蟹"的影子，他本该在甲板上帮忙的。

8 飓风

"螃蟹"的运气很糟,他本想在风暴来临时在舱内躲清闲,却打错了算盘。他曾为被困在房内可以躲避劳动而暗自庆幸,但他只赢得了短暂的平静。

风抽打着海水,船的颠簸好像要把"螃蟹"当球踢,他在地板上滚来滚去,屋子的一边有一张床铺,他被踢了上去,又被颠了下来,又被踢上了床,接着又被甩进一大堆罐头中间,一切松动的东西都成了怪物,都以打他为乐,他像置身于游乐园里的"吃惊房屋"之中。

恐怖中,他想把门打开,门仍像舱壁一样坚固。他退后几步,又向前冲,想用肩膀撞开门,然而,肩受了伤,门却纹丝不动。

他不断努力将头躲开满天飞舞的东西,他用拳头砸门,大喊救命——明知道别人听不见他的声音。他举起一个沉重的盒子,向门上砸去,但门外被风的有力的臂膀顶住。"螃蟹"在充满痛苦的舱中成了囚徒。

他开始忏悔自己的罪恶,如果他能活着走出这里,他将不再喝酒,他将不再逃避工作,他将成为甜蜜和轻松的典范。

好像天使正等着他的忏悔,他倚着的门在风的间歇时突然开了,他头朝地、脚朝天被摔了出去,门接着又关上了,他得救了。

他立即忘了他的承诺,蜷缩着,躺在舱壁间睡着了。

风变得有间歇性,一阵阵吹来,最后,完全停了。刚才喧嚣声如此之大,现在一切都平静了,哈尔以为自己聋了呢!乌云散了,天晴了。

"飓风过去了。"罗杰喊。

哈尔却不大相信。

"刚刚过去一半。"艾克上尉反驳说。

飓风旋转而来了,它可以以每小时160~320千米的速度向任何地方袭击,但整体前进速度并不超过每小时20千米。

旋风的中心是风眼,这里是安静的无风区。

"我们正处在风眼上,"艾克上尉说,"大约半小时后,我们就会在另一方向受到袭击。"

哈尔和罗杰解开绑在身上的绳子去帮助奥默,帆从索绳中被扯出,转动的滑车被刮乱的线缠住,小船就要被刮跑了。

人们边工作边喘着粗气,空气很闷,很稀薄,也很热。

最初,很难弄清楚为什么船比平时颠簸得更厉害,船为什么在旋转,他们为什么受到更强烈的袭击。原来,此时卷起的海浪比在顺风的方向上更高,这里没有风力能控制它们,它们蹿向空中足有18米高,好像水雷或鱼雷在水中爆炸泛起的喷泉。

奔腾的海水疯狂地从四面八方涌来,它们互相冲撞,溅起的浪花瀑布似的高高落下。

指南针标示的各个方向的风都指向中心风平浪静的地带,涌浪从四面八方凶猛袭来,异常的混乱、混沌。

"快乐女士号"经受住了考验,在这种鬼天气里,如果是客船或是蒸汽货船就要去见海龙王了,但一只小船却能挺过来。

其中的一个原因是木船要比铁船灵活;另一个原因是小船可以从一个浪上滑下,再爬上另一个浪峰;大船却同时压在几层浪上,同时受到几层浪的袭击,部分船体就可能被毁。大船是在抗

8 飓风

拒恶浪，而小船却随波逐流。

"快乐女士号"被浪托起，瞬间又沉于水谷之中，来回颠簸，尽管很难稳定它的位置，但却不会翻船。

上百只鸟被风吹进风眼，聚在索具里，黑燕鸥、鲣鸟和海鸥在甲板上信步，两只大军舰鸟也在小船上安了家，上千只的蝴蝶、蜜蜂、飞蛾、苍蝇、大黄蜂、蚂蚱，聚在桅杆和绳梯的横索上，并在人们的脸周围飞来扑去。

刚才船曾向东北方航行以至使船头迎风，现在上尉把它转向了西南。

"为什么要转向呢？"哈尔问。

"再起风时，它将从相反方向吹来。"

接着，风又来了，迅猛的来势一下子把哈尔和罗杰掀到甲板上。雷鸣般的呼啸，蓝天不复存在了，除了魔鬼似的黑暗，一切都荡然无存了。

波浪比刚才低了些，还没有高过桅杆，但它沿着一个方向掠过，似乎怀有致人死命的目的。

不久，人们就明白飓风的第二次袭击比第一次要猛，风、浪都比前一次猛烈，鸟和飞虫魔术般消失了，索具被吹成碎块，帆挣脱了捆绑，在风中撕成了碎片，帆杠也松了，在甲板上危险地来回摇摆。

哈尔和罗杰要做的事太多了，不能把自己再绑在桅杆上享福了，他们一边帮助奥默，一边在惦记着"螃蟹"。

船似乎被一只巨手拧来拧去，后来，船尾发出一个响声，舵轮不能启动了。

"舵!"上尉喊道,"舵坏了。"

船头被吹得掉了方向,陷入了不断旋转、滚动的波谷之中。

成吨的海水涌上了甲板,齐肩深,又沿着升降口流入舱底。

上尉忙着用抽水机清除舱底的水,但来自甲板上的水向下流得太快了。

"螃蟹"醒来,发现自己躺在水中,咸咸的海水没到了他的胸部,他快速起身向甲板上冲去。

大自然是在故意戏弄"螃蟹",他刚一上甲板,一个巨浪就打过来,越过了栏杆,把他的全身打湿了。

"大家注意!"上尉喊道。

话刚说完,那个刚袭击"螃蟹"的巨浪又将他击倒,孩子们看到他脸上莫名其妙的表情都笑了。

"你们自己要抓紧!"上尉尖声说,"否则你们也会被击倒。"

但没有人关心注意"螃蟹"。

这种被波利尼西亚人称之为飓风的杀人风似乎下决心要干掉"快乐女士号",船颠簸着,发出劈裂的声音,主桅杆倒下了,但仍然被船索系着,漂泊在海上,使船发生了严重的倾斜。又过一会儿,前桅杆也倒了,它落下时砸坏了小船。

这已不仅是历险了,这是一场悲剧。"快乐女士号"已不再是一条船,它几乎变成了一堆废木头。船上人的生命即使用最低的价格也不会有人给做保险了。

"准备海锚!"上尉喊道。

巨浪泼洒在船上,而且不断增加麻烦,开始下雨了,不是雨点,是倾盆大雨。难以置信的水的重量像连续猛烈敲打的大锤,

8 飓风

对着人们的头上和肩上砸下来。

哈尔现在相信人们给他讲的飓风雨是怎么回事了。在菲律宾的一些地方，四天的飓风雨比美国一年的平均降雨量都多。

在浪中似乎比在雨中更舒服，但没有休息的时间，如果不立刻抛锚，船就会被彻底毁掉。

孩子们将落下的前桅杆和主桅杆并排放好，捆在一起，他们在一端系了个死扣，将另一端系在船首。然后，他们剪断系住船和桅杆的绳子，桅杆从甲板上滑到了水中。

因为船被风控制着，半浮在水面的桅杆起了浮锚的作用，船尾逆着风，只有浪尖打到船上。减少了船被毁掉的危险。

又一个小时过去了，勇敢的小船挣扎着停留在水面上。

接着，就像它来时的那样突然，飓风骤然停了。一直在与它奋战的人们发觉它的突然离去倒造成了他们心理上的不平衡，他们好像已经习惯了颠簸的小船。

天又蓝了，太阳出来了。充满邪恶的咆哮的风暴，像一个巨大的凶恶的神灵，以每小时12海里的速度向远方离去。

一时间，失去狂风控制的海面也不知所措，浪停止袭击小船，海水也不再进入船舱。抽水机正常工作了，小船又浮了上来。

5个筋疲力尽的人默默祈祷着。

哈尔焦急地查看水箱。水箱盖没有被掀起，因为他一直很小心地不停地将水箱中的水灌满。水虽然溅出来，但鱼类没有受伤害。看上去它们似乎比人类更有战胜飓风的经验。

"我们要不要放弃桅杆？"哈尔问船长。

"不，我们得把它拖到旁内浦，在那儿我们要把它们修好。"

简略地修理了一下横梯，小船骄傲的帆重新代替了嘟嘟的马达，桅杆被拖拉在船后，已经不快乐的"女士"一瘸一跛地向旁内浦驶去。

9

进入迷离的世界

现在他们进入鲜为人知的海域,甚至艾克·富林特船长也未到过此地,他们看不到船,因为船的航道在更北或更南边。

在两次世界大战之间,太平洋的这片海域被日本占领了,他们驱赶走他们自己以外的一切船只。这里的岛屿跟除了日本以外的任何国家都没联系,就连日本人都不会冒着生命危险到这里来旅行。

尽管在第二次世界大战后,这片海域被从日本手中夺过来,由联合国托管、美国控制,但仍是一片与世隔绝的海域。

这里的美国海军觉得他们好像生活在月球上一样,当看到一条奇怪的船驶进旁内浦港,他们都觉得很兴奋。有人来拜访他们了。

来拜访他们的人也怀着同样兴奋的心情,他们急于从一瘸一跛的小船上下来,登上这座美丽的岛屿。

"太美了!"哈尔赞叹道。白色珊瑚,中间点缀蓝色的湖水,绿色的摩天大楼似的岛礁,如画的小山上布满椰子树、杧果树、榕树以及上百种说不出名字的林木,有的结满了丰硕的果实,有的盛开着美丽的鲜花。以前,西班牙人的说法是名副其实的,他们称这里为"花园岛"。

而且,这里不像低矮的珊瑚礁,它能明显地得到充足的雨量。高峰和暴风雨有天然的联系,就是现在,高耸的托特劳姆山峰上还聚集着一片黑云,黄色闪电正穿透着乌云。

"天啊!"罗杰喊道,眼睛闪出了亮光,"人们总是谈论着塔西提、萨摩以及其他美丽的岛屿,它们能和这里相比吗?"

"根本比不上。"艾克船长说。他曾去过那些地方。

"那我们为什么从未听说过这里呢?唉!我甚至不知道怎么叫它的名字……"

"旁内浦,人们通常这样叫它,你没听说过它,是因为很少有人到过这里。"

"看,直布罗陀!"罗杰喊道。

它的确像直布罗陀,但根据地图,这座塔叫"高卡克岩石"。它高出港口270米,那悬陡的峭壁像是在藐视所有的攀登者。

穿过珊瑚中的裂缝,失去桅杆的小船驶进了港口。在充满魅力的塔克提克岛和蓝卡岛之间,艾克船长抛了锚,这里有10英寻深,地图显示出岸边附近有危险的浅滩。

港口除了几艘渔船和海军登陆艇外,没有其他船只。有一架飞机,看上去很破旧,是"卡特兰那号"。

从坐落在陆地一角的旁内浦城开来一艘小艇,一位机敏的年轻海军军官随艇而来,他自称是汤姆·布莱迪中校,旁内浦的代理军事长官。

"很明显,你们碰上飓风了。"他说。

"何止是碰上,"艾克船长说,"你们在这儿感受到了吗?"

"幸运得很,它从我们北边过去了,但给我们输送给养的船碰上了。"

9 进入迷离的世界

"出事了吗?"

"船沉了,它有 5000 吨。你们这个小蛋壳居然还浮在海面上,真是奇迹。"

艾克船长骄傲地看着这只被破坏的小船:"多么结实的小船,我们在这儿能找个地方把它修理一下吗?"

汤姆·布莱迪中校笑了:"不用担心,我们没有那么多客人,不用收港口费,除海军以外你们是 6 个月以来的第一批客人,你们要待多久?"

"这个问题需要亨特先生来回答,他是这次探险的领队。"

"时间不长,"哈尔说,"当船长去修船时,我想租一只摩托艇去旅行一下,去一些小岛上看看。"

足有几分钟的沉默,布莱迪似乎在等待哈尔更详细一点儿的介绍,但哈尔不想告诉他去珍珠湖的秘密,尤其是船长在场的情况下。

"好的,"布莱迪接受了,"我们给你找一条船,但刚才我知道你们都想先上岸,到小艇上来吧,我送你们。"

船长、罗杰和奥默先上了小艇,哈尔正准备跟随他们上去时,船长问道:"'螃蟹'哪儿去了?"

"我来找他。"哈尔说着走回船里。"螃蟹"不在船首楼。他走回船后部,进了储藏室,"螃蟹"也不在那儿。一阵窸窸窣窣的响声引起了他的注意,他打开他和罗杰住的舱房门。

"螃蟹"正在那儿翻他的笔记本和文件。

"你在这儿干什么?"哈尔严厉地问。

"没事儿,什么事儿也没有。""螃蟹"沉着脸答道,他推开哈尔，走出屋子，上了甲板。哈尔跟着他，他们俩上了小艇后再也没说一句话。

哈尔在认真思索，"螃蟹"一定是在寻找有关珍珠岛的资料，很明显，他和翻阅斯图文森教授文件及威胁他生命的人是一伙的，他们把他放在"快乐女士号"上，要他找到他们还未找到的情报。

把这件事说出来是没有用的，但哈尔知道无论谁跟他去珍珠岛，"螃蟹"也不能去，当"快乐女士号"再度驶航时，"螃蟹"就不能成为他们中的一员了。

旁内浦城是由日本式商店及房屋组成的，这是日本在占据岛屿时，用了30年的时间建造的，城郊是本地棕色旁内浦人的住宅。

布莱迪把他们带到一间日本式房屋门口，这间房在峭壁边上，从这里可以看到从港口到高卡克岩石塔的整个景色。

"你们在这里住多长时间都行，"他说，"把这儿当你们自己的家吧。"

躺在干净的金黄色床垫上，看着外面蓝色湖水上点缀的绿色岛屿及钓鱼船的白帆，几千英尺高的山上的大岩石，从悬崖上飞泻下来的银色瀑布，生活是如此惬意。

"这里简直太美啦！"哈尔说。

但当他注意到周围少了一个人时，焦虑代替了快乐，"螃蟹"又失踪了，他现在又干什么去了呢？

10 珍珠交易商

城里只有一条商业街,"螃蟹"毫不费力地找到了营地服务商店。

他走进去,环顾四周,好像和什么人约好了在这里碰头,一个高个子略有些驼背的男人朝他走来。

他没有笑,也没有跟"螃蟹"握手,而是生硬地问:"你怎么这么长时间才到?我看到你们的船来了,我已在这里等了半个小时了。"他怀疑地看了商店服务员一眼,"我们得离开这儿,找个我们能说话的地方。"

他们走在街上,在拐角处拐进一条僻静的小巷。这里远离闹市区,一侧是山丘,茅草棚之间有一个芬芳的花园,传来一阵阵素馨花、赤素馨花、肉桂以及茄楠的芳香。"螃蟹"和他的同伴走过一棵硕大的果树下,树上的果实大似足球。他们又穿过许许多多奇怪的植物及树木,就像走在植物园中。

这里的人也像树一样俊美。男人有一米八,强有力的肌肉在褐色皮肤下现出它的曲线美。妇女头戴白花,婴儿又胖又快乐,一个孩子坐在路旁对着来到身边的高个子男人微笑。

高个子男人却用脚将孩子钩起,扔进了灌木丛。一时传来孩子高声地哭喊。

"螃蟹"越来越紧张,很明显,高个子男人生气了,"螃蟹"

63

要告诉他的事儿也一定不会使他高兴起来。

他们来到一座欧式房屋面前,这儿有个花园,园中长满橘子树、柠檬树、杧果树、石榴树以及棕榈树。

高个子男人拉开门,把"螃蟹"带进满是霉味的客厅。两名旁内浦仆人立即忙了起来,一名妇女忙着摆椅子,另一名男子操着蹩脚的英语问主人是否需要喝点儿什么。

"出去!"高个子男人喊道,"你们俩都出去!"他连推带搡把他们推了出去,门砰的一声关上了。

"脏鬼!"他粗鲁地骂道,"瞧他们那棕色皮肤,如果我是山姆大叔,我就会让他们在这个岛上消失。"

他示意"螃蟹"坐下,并拿了把椅子面对着他也坐下来。他把椅子向前拉,身体前倾,直到他的眼睛离"螃蟹"的眼睛不到两英尺远。略驼的背使他看上去像要跳起来的狮子。

"好,说吧,"他吆喝着,"你得到那里的确切位置了吗?"

"螃蟹"窒息得几乎停止了呼吸,他必须拖延时间,"你给了我一件难办的差事,我尽了最大努力,我也偷听了他和他弟弟的谈话,但他们从未说出什么,我还翻了他们所有的东西……"

"别说这些了,你知道那个岛的具体方位了吗?"

"不能说我知道了,但……"

他没能说下去,高个子男人重重地一拳打在他头上。他倒在地上,又昏昏沉沉、摇摇晃晃地站起身,用手抹着鼻子里流出来的血。

"你会后悔的,卡格斯!"

"你敢吓唬我?"这个被称作卡格斯的高个子说。他居高临下

10 珍珠交易商

地盯着"螃蟹",像是竖在"螃蟹"头上的峭壁。"螃蟹"看到他手中拿了一支枪,他后退了几步。

"我是说着玩儿的,卡格斯先生。"

这句话又使他脑袋上挨了一枪托:"闭嘴!别叫我的名字,我并不想让这里的人知道我的名字。"

"不知道你的名字?可每个人都知道,从星期四岛到苏鲁海,你是最大的珍珠交易商。"

"在那些地方他们知道,但不是在这儿。在这里,没有人会想到珍珠,这些海军官兵,他们对太平洋了解多少呢?他们中的大多数人刚从学校出来。"

"那么,如果你不是墨林·卡格斯——那个赤道以南最狡猾的珍珠交易商,你又是什么人呢?"

高个子男人稍稍站直了些,他的脸上几乎露出了笑容:"我是,如果你承认的话,受人尊敬的阿基伯德·琼斯,我是美国一个教堂的传教士,我从旧金山飞来的。"

"螃蟹"嘲笑他,说道:"你怎么能让别人相信你是个传教士呢?你曾经杀了两个人,在圣·昆顿监狱①待过一段时间。"

"但你为什么要假扮成牧师呢?""螃蟹"追问道。

卡格斯又生气了,"你还不知道?"他粗声粗气地说,"我怀疑你干不好这事,所以我不得不准备好亲自出马。"

"你的意思是准备和亨特斗?"

"当然,他是个好人。他会欣赏像我这样的人的。我会想出

---

① 圣·昆顿监狱,美国著名的大监狱。——译者注

法子得到我要的东西,别忘了我已经获得了很多情报,我在那个地方装了窃听器,我听到了他和斯图文森的谈话。唯一的麻烦是他们没有说出确切地点。当教授的小客人离开后,我一直跟踪他们到了郊外亨特野生动物基地。这样,我才知道他们姓亨特。然后,要做的事就容易了——只要跟着他们。如果你成功了,我们现在就在珍珠岛上了。"

他把枪放回外套内的枪套里,指着门对"螃蟹"说:"你可以走了,我没时间跟你在一起。"

但"螃蟹"没有动,"难道你没忘记什么事吗?"

"忘了什么?"

"付我钱!"

卡格斯发怒了:"付你钱?凭什么?你把事情弄糟了,我只知道你引起了亨特的怀疑,我该跟你要钱才对,而不是付给你钱。在我把你打死之前,快离开这儿。"他推了"螃蟹"一下。

"我会走的,""螃蟹"嘀咕了一句,朝门外走去。在他打开门快走出去时,觉得安全了,接着说,"你会后悔的,别忘了我会揭穿你的伪装,我这就去见亨特。"

卡格斯的脸沉了下来,他的手下意识地去掏枪,但他停了手。他的思维很敏捷,"螃蟹"是对的,他会毁了我的计划。卡格斯必须制住他,但怎样才能制止他呢?光天化日之下把他打死是不可能的,上百人都可能听到枪声。就是他给了"螃蟹"钱,他也不相信这个小人能信守诺言。不,他得想出个更好的办法。

他那张狡猾的脸露出了近乎慈祥的神态,"想想,"他说,"我对你太过分了,毕竟,你尽了最大努力,没人能比得上你。

10 珍珠交易商

好的,我得对你公平。现在我带你去喝酒,跟我来。"

对他态度上的突变"螃蟹"有些怀疑,但酒对他的诱惑力太大了。

他跟着卡格斯,回到那条主要大街上。然后,向峭壁走去。"螃蟹"吓坏了,因为他们好像径直走向亨特住的房子。

从那房子边上过了马路,就是一家小酒馆,卡格斯停了下来。

一群旁内浦人早晨钓鱼后正在树下休息,他推开他们,走进酒馆。一个没精打采的白人站在柜台后面。

"托尼,"卡格斯说,"这是我的一位好朋友,他刚刚到。我想请他喝酒,让他喝个够。"

"随时为你效劳,"托尼说,"我知道你的感情,在这个上帝都懒得光顾的地方,来个客人是很该庆祝一番的。"

"听了你的话,我觉得该举办庆祝酒会,"卡格斯看了窗外一眼说,"我想给我的朋友举办一场真正的酒会,'螃蟹',请那些家伙进来,我们也请他们喝酒。"

"不行,"托尼马上说,"请有色人种喝酒是违法的。"

"法律!"卡格斯哼了一声,他拿出一沓钞票,在托尼眼前晃了晃,"这就是法律,'螃蟹',请他们进来。"

"螃蟹"对请当地人喝酒并不感兴趣,但既然卡格斯愿意付账,有什么关系呢?他走出门去,请他们,他做出举杯放在嘴边的姿势,那些打鱼人急忙拥进来。

酒对旁内浦人来说,像炸药,就是没有酒,他们也是太平洋岛上最好战的人;有了酒,他们就更疯了。由于这个原因,卖酒或是送酒给他们都是违法的。

"只有一个办法能请他们喝酒，"托尼对卡格斯说，"我把酒卖给你，可你得对此负责。"

"当然，"卡格斯由衷地说，"就买20美元酒，给你钱，'螃蟹'，这是为你举办的酒会。"他把20美元塞进"螃蟹"手里，"螃蟹"又将它递给托尼。

"好了，"托尼说，"请你在这张收据上签个名。"

"这是为什么？""螃蟹"嘟囔着。

"因为酒，只是证明我把它卖给你了，这样我就是清白的。"

急于喝酒的"螃蟹"在收据上签了字，当再找卡格斯时，他已经不见了。

两个小时以后，街对面房子里传出来的叫喊声扰乱了罗杰和哈尔对自然风景的欣赏。

艾克船长已经回到船上，奥默在厨房里练习做饭。

"奥默，"哈尔叫道，"出去看看怎么回事。"

奥默出去了，但很快就回来了，上气不接下气地喊道："发生了暴乱，'螃蟹'被抓起来了。"

哈尔和罗杰跑到街上，十几个喝得醉醺醺的旁内浦人纠缠在一起，有两人受了刀伤，鲜血流了出来，在路的尽头，他看到"螃蟹"被海军警察抓住。

街的一边站着个高个子男人，他略驼背，手里拿着一本黑皮书。

他慢慢走到哈尔身边，"发生了不幸的事情，"他说，"太不幸了。"他用怜悯的目光看着那群烂醉的旁内浦人。

10 珍珠交易商

"出了什么事？"哈尔问。

"那个海员请当地人喝酒，这不过是发生在这个美丽岛屿上的无辜人民身上的又一不幸事件。"

哈尔看着被警察抓走的"螃蟹"的背影："谁告诉的警察？"

"我，"这位高个子的陌生人说，"作为一名市民，我觉得这是我的职责。"

"警察会怎么处罚他呢？"

"很轻微的处罚，"传教士叹了口气，"或许会让他在监狱里蹲上60天，然后，很可能将他遣送回美国。"

哈尔的第一个反应是去救"螃蟹"，然而，他又想到，出了这样的事再好不过了。"螃蟹"是他的敌人，他是反对自己和斯图文森教授那一伙人的。只要他在船上，他就是危险人物。在监狱里，他做不出坏事，这才是哈尔的运气呢。

"我希望监狱的条件不错。"他说。

"没有比这个监狱更好的了，他将有一张舒服的床和可口的食物，他不配得到这些享受。"

哈尔伸出手："我叫哈尔·亨特，我们今天刚乘'快乐女士号'来到此地，飓风几乎毁了我们的船。"

"真不幸，"陌生人握着哈尔的手同情地说，"我叫琼斯，传教士阿基伯德·琼斯。"

"在旁内浦有教堂吗？"

"没有，我也是刚到这里，但又要离开了，我刚才正在安排交通工具。"

"你想租条船吗？"

"不想,我的组织并不希望有这笔开支,我希望搭一条顺路船。"

"你去哪个方向?"

"东、南、西、北,没有什么区别,只要有岛的地方,有人需要我们的地方。好,我的事就谈这么多,告诉我有关你的情况,你将在旁内浦停留吗?"

"不,"哈尔说,"我也在计划一次旅行。"他有意拖延着,因为他不想立即邀请这位善良的传教士搭乘他们的船,他必须小心谨慎。

琼斯先生也没有再问下去。事实上,哈尔觉得他很敏感,他说:"祝你在旁内浦过得愉快,并且有收益。现在,我得走了,我的一个当地朋友正在病床上等着我呢!"

是个不错的人,哈尔想。当他知道我们要去其他小岛时,也不试图挤进来,真有气度。很明显,他是受过教育的人,哈尔想。可他很少听牧师布道。牧师应该是个高大、强壮的人。他猜想牧师一定很强壮,才能过那种生活。他也很聪明,这家伙看上去真聪明,甚至可以说精明。他猜想牧师一定要精明,才能对岛上的人做有益的事。他还听说这里的牧师几乎无所不能——造房子,建农场,给人以经商的经验,修车,治病。看上去这个人也会这些,甚至还会更多,他那样子是不会被人轻易难住的,应该想办法帮助他,但又不能,至少在更进一步了解他之前不能。

当卡格斯走向假设的朋友的病床时,他的大脑也在忙碌着:他是个不错的小伙子,但他们越不错,下场就越惨。我可以像捏根草一样把他们捏在我的指间。"螃蟹"——哈哈!他真是个傻家伙。我把他放在一个他无法惹事的地方。现在,我要顺其自然。几天

10 珍珠交易商

后，一位好心的年轻人就会邀请我搭他们的船去外面的小岛上。

他想得更远一些。他能够亲自去得知珍珠湖的位置，然后他就得设法摆脱哈尔和他弟弟，得让他们出点儿事，他得弄得像自然事故，没有人会想到是他干的，他再带着采珍珠的人回到那岛上，将珍珠一扫而光，再把壳就地扔掉，把珍珠带到纽约和伦敦。每年，他都去这两个城市把他从南太平洋上买来的珍珠卖掉。他认识所有的大珠宝商，不论是在南太平洋还是在城市里，珍珠业发生的事他无所不知，他很早就知道斯图文森教授的计划，那还是他在塞勒比斯时，碰上了装着教授波斯湾珍珠标本的船去旁内浦途中补充给养。他只需要一个细节——珍珠湖的位置。

现在，他舒服地坐在家里，等着哈尔带给他这一信息，他肯定这个年轻人是不会拒绝一个贫穷的、衰老的、忠诚的传教士的求援的。

11

来历不明的乘客

"我们给你准备了一只船,"汤姆·布莱迪中校第二天来拜访亨特时说,跟他一起来的还有两个穿制服的很精明的年轻人,他介绍他们是罗斯中尉和康纳中尉,"那只船不大,有9米长。"

"足够大了,"哈尔说,"发动机怎么样?"

"是日本造的,'哈卡塔'发动机,你知道,这只船是日本人用来捕东方狐鲣鱼的,现在,它属于本地的捕鱼队,他们收费很低。"

"船里有什么设备?"

"一个有4个铺位的船舱,一个厨房,外加鱼腥味。"

"值这个价。"哈尔笑了。

"我想,"布莱迪对艾克船长说,"你也得一起去当个驾驶员吧!"

"不,我得待在这儿修'快乐女士号',哈尔自己能驾船。"

布莱迪看着哈尔,充满钦佩之情:"探险家,科学家,现在又成了航海家,你真是个不错的年轻人。"

哈尔脸红了,赞扬使他觉得不好意思。他不喜欢被称为年轻人,他比布莱迪年轻点儿又怎么样呢?他比他高大、强壮,接受能力和他一样。"恐怕我对航海还没有经验,"他谦虚地说,"但

11 来历不明的乘客

或许对短途航行还可以。"

"我想你能行,"布莱迪友好地说,"我的警察不得不抓走你的一名海员,真是件不幸的事儿。"

哈尔知道他在说"螃蟹","我本来也不会带他去的。"他说。

"他对我也没有用,"艾克船长接着说,"我不知道在旧金山时怎么把他带上了船。他来时别人对他很赞赏,但他却像海参一样懒,像沙果一样酸,他总是惹麻烦。"

"这样就没事儿了,"布莱迪说,"他招待当地人喝酒犯了禁,我们对这点很严格,因此,当牧师告诉我们时……"

哈尔找到了进一步了解这位传教士的机会,"这位琼斯先生是什么人?"他问,"你们有他的材料吗?"

"恐怕没有,"布莱迪答道,"他一周前乘飞机到这里,他似乎对南太平洋一带很熟悉,我知道他想搭船去一些小岛,很明显,他对当地人的福利很热衷。"

"他昨天的行动就证明了这一点。"艾克船长说。

"他觉得旁内浦不够艰苦。"罗斯钦佩地说,"他想到外面的小岛上去,那里人的生活才艰苦呢。"

"我们需要更多像他这样的人。"康纳补充说。

哈尔想,如果他被传教士阿基伯德·琼斯骗了,那么受骗的绝不止他一人。这位琼斯先生不是聪明绝顶——聪明到将4个有能力又有智慧的人都骗了。哈尔为自己怀疑传教士的正直而感到不好意思,他更为没有主动让传教士搭他们的船而觉得过意不去。

布莱迪说:"你知道罗斯和康纳对帮助本地人的看法了。他们俩看上去像一般的海军军官,但罗斯是教师,康纳是医生,他们正努力使新一代旁内浦人健康聪明地成长。"

"他们把它当饭吃,"罗斯说,"我是指教育,你们从未见过如此渴望学习的孩子。"

"有很多种疾病吗?"哈尔问康纳医生。

"很多,大多数疾病都是白人带来的。"

"恐怕,"哈尔说,"白人没给本地人带来什么有益的东西。"

医生点点头,说道:"100年前,西班牙航海家将肺炎带到了这个岛上;40年前,一个德国无线电操作员把麻风病传给了本地人;英国商人带来了痢疾;美国人带来了麻疹,以及其他更为严重的疾病。本地人大量地死去,椰普岛由原来的1.3万人减少到4000人;库赛岛在美国捕鲸者到来之前有2000人,后来减少到200人;玛丽雅那岛由上万人减少到3000人。"

"总共有多少人生活在这里的岛屿上?"

"如果你指被海军监管的这2500个统称为密克罗尼西亚的岛屿,总共有6万人,以前有40万人。"

"这个数字还在减少吗?"

"没有。日本人控制了疾病的蔓延,我们必须给他们记一功,他们设立了医院,请来了高水平的医生,但我认为我们比日本人做得更好,因为现在所有岛上的居民还在增加。"

"那就得给你记特等功了,"哈尔说,"为了你使这些人的生活有了新的开始。"

哈尔希望也从事类似的事业,收集和研究动物固然重要,但比起帮助人类自身来说,它就是个冷酷的事业了。能为岛上的人

11 来历不明的乘客

做些什么呢?

当然,他首先可以做,也是最容易办到的事是把琼斯带到他想去的地方,他会这样做的。

12

驶向神秘的珊瑚岛

远离了旁内浦,它那高傲的"托特劳姆"山峰被乌云遮住。

除了这片乌云,天空一片湛蓝,海面风平浪静,摩托艇轻快地航行,海鸥紧随其后,飞鱼的鱼翅上反射着阳光。船的名字"机库"用日文刻在船首,意思为"菊花"。

或许这条船在日本造好后像花一样美丽,甚至有花的香味,但现在已不是这样。它满是死鱼的怪味,它的甲板和船舷上缘被无数的东方狐鲣鱼翅、箭鱼、梭鱼和鲨鱼皮划得遍体鳞伤。

但船上的每个人都显得兴高采烈,奥默在厨房里哼着波利尼西亚小调,罗杰站在船首,想用手抓住飞鱼,哈尔站在舵轮旁,感受着赤道的阳光和清凉的海风。

最兴奋的是阿基伯德·琼斯了,每隔几分钟,他就毫无原因地爆发出一阵大笑。

"你一定感觉很好!"哈尔说。

琼斯笑得流出了眼泪,"噢,太富有了,太棒了,想一想,你正带我去我想去的地方……"

"这没什么。"哈尔说。

"不,这的确重要,你不知道这对我来说意味着什么。你不知道,哈哈!"

莫名其妙的谈话,哈尔想!

12 驶向神秘的珊瑚岛

但哈尔认为自己在这方面并不是评判员。他和牧师的接触很有限,或许,他们的行为都如此,他无法知道。

这其实无关紧要,琼斯先生谈话的方式与哈尔无关。他是去有人居住的岛上帮助那里的人民,而地图也上标明,去珍珠环礁湖的路上有两个这样的岛屿。

中午时分,旁内浦已消失在他们身后,连盖在头顶上的乌云也从地平线上消失了。四周一点儿陆地也见不到。没有帆,没有蒸汽船冒出的烟,除了指南针和哈尔的计算,没有一点儿迹象表明他们来自何方,要去何处。

"我希望你是位够格的航海家。"罗杰说。

哈尔拿出从船上借来的六分仪和航海时针,仔细观察着。他将看到的数字记在航海日志上,把舵转向北稍偏西,这可以使他们一直驶向珍珠环礁湖。

但他也知道,事情不会这样简单,风可以使"机库"改变航向。另外,他们正进入北赤道洋流外围,他们无法测量洋流的力量和确切方向。洋流的主流是向西的。

在这片宽广的水域上要找到针眼大的小岛,对哈尔来说太难了。小船太小了,似乎迷失在无所不能的海洋之中,上面是无边的天空,根据地图,船底距海底山脉和峡谷之间有 3 英里深的水域。

哈尔不时观测着,把每次观测到的新数据记在航海日志上。夜幕降临时,很幸运,天气晴朗,可以借助星光航行,奥默和罗杰离开了舵轮。琼斯先生显然不是海员,他舒服地在舱里过了一夜。

太阳出来时,起浪了,小船有些颠簸。奥默准备了一顿丰盛的早餐。他们坐在甲板上,尽情享用着,琼斯先生首先吃完,他说有些晕船,到舱里休息去了。

不一会儿,哈尔回到船舱拿航海日志,他看到琼斯先生正俯身朝向打开的航海日志,把上面的记录抄在一张纸上。

他的一侧朝向哈尔,背弯曲得像个水桶,突然发觉身后有人,但为了掩盖他的行动,背更弯曲了,又将那张小纸条塞进上衣口袋里。

然后,他高兴地说:"我正看你的航海日志,很有趣,我希望你不介意。"

"没什么。"哈尔说。但他是很吃惊的,因为他看到了那个后背,它弯着好像偷了什么东西。他在哪里见过这个后背呢?一个藏着秘密的后背,一个藏着毒蛇的后背。

他想起来了,一个和现在一样弯曲的后背,它的弯曲好像藏着秘密,那是从斯图文森隔壁房子里偷偷走出的那个人的后背。那个人钻进一辆黑色轿车,哈尔曾怀疑那辆车跟着他们到了郊外。

无须再想下去了,一个神秘的略驼的背,现在抄航海日志及很快将那张纸藏起来更证实了这一点。教授曾经怕他的房里装了窃听器,以致他们的谈话被偷听了,因此,他没有说出那个岛的确切位置,敌人一定想要得到这一情报。这位传教士,或许他根本不是什么传教士。他聪明地安排了把他自己直接带到那个神秘的小岛去的计划,从航海日志上的记录他可以知道小岛的确切位置,以后,他什么时候想去都可以去了。

12 驶向神秘的珊瑚岛

哈尔回到甲板上,从罗杰手中接过舵轮,开始想对策,他觉得自己轻易地上了当。说得多好听!为了当地人的福利事业……

他知道他的对手是个老谋深算的家伙,或许还是个杀人犯。为了获得珍珠和得到财富,他可以不顾一切。

"你怎么也出汗了?"罗杰看见哈尔脸上渗出的汗珠问道,接着说,"我像根黄瓜一样凉快。"

他会让罗杰继续像黄瓜一样凉快一会儿,还不想让他担忧。或许,哈尔想,他的害怕是毫无根据的,这人也许确实像他自己说的,是个传教士。

如果他不是,最好不要让他知道自己被怀疑了,那样,他可能要采取暴力手段。让他觉得他的计划成功了会更好些。如果罗杰和奥默也像自己一样害怕,他们的言语或表情就会使这位乘客感到已成了被怀疑对象。

"我自己也必须小心。"哈尔想。他一点儿也不能露出他已察觉了什么,他必须和这位不受欢迎的客人成为好朋友,同时,他也要想出办法对付他。

这个问题困扰了他好几个小时,但当他再一次做记录时,他突然想出了对策。

他计算船当时的位置是东经158°15′,北纬8°40′,但记在航海日志上时,在两个数字上各减去了10分,因此,航海日志上记载的他们的位置是东经158°5′,北纬8°30′。

下一次记录时,他从每个数字上减去20分;再下一次,30分;接着40分……日志上的错误变得越来越严重,但哈尔心中一直很清楚他们的确切位置。

他不满足中午的一次观察，而是每天观察6次，因为地图上标明，附近有暗礁。

他把日志留在舱内，给琼斯先生充分的时间研究并抄写数据。

经度的1分就相当于1海里，等于1852米，10分的差错就意味着相差10海里。几个这样的错误就会使小岛偏离航道；就是站在桅杆顶上或是瞭望台上也不会看到它的踪影。

如果这个人是个偷珍珠的贼，毫无疑问，他的计划是知道了这个岛的具体方位后再带着挖珍珠的人和潜水员来帮助他。哈尔确信，他再也找不到这个岛，用这样不准确的记录找这个岛如同大海捞针。

第二天，几棵棕榈树在地平线上方露了头。接着，一个岛出现了，哈尔从记录中得知，这里并不是珍珠湖，但乘客的眼中却充满了向往。

"大概这就是你们的目的地了吧？"他问。

"不，"哈尔说，"但或许你想在这儿上岸，从岸边停泊的小船来看，这里有足够多的当地人等你去布道。"

琼斯先生对此地并不感兴趣："我想再走得远一些。"

下午时分，又一个岛出现在眼前。当琼斯先生知道这也不是小船的目的地时，他决定再向前航行。

哈尔注意到他们离旁内浦越远，地图上的标注越不详细，有些岛屿上标着P. D.，意思是位置不准确，有些岛屿在海洋中出现却没有标在地图上。很明显，看地图的人不得不对太平洋这片鲜为人知的海域做大量的猜测。

12 驶向神秘的珊瑚岛

哈尔觉得这里很容易迷路，他在脑子中用半径、视差、折光差、地平线的升起，以及其他办法计算着确切位置。他觉得自己太没经验了，如果他能用这种方法找到那个针眼大的珍珠湖，那简直是奇迹。

珍珠湖的位置一直记在他脑子里，他从未把它写下来——东经158°12′，北纬11°34′。

这个数字机械地在他脑子里重复着，以致他害怕睡梦中会读出这个数字。如果琼斯先生在离哈尔只有1米的床上听到这个数字，他们之间的游戏就结束了。

又是一夜星光下的航行。太阳升起后不久，在舵轮边的罗杰喊起来："陆地！"

"这就是目的地了。"哈尔想。他跑出船舱来到甲板上，传教士紧跟着他。

前方，一环状珊瑚簇拥着一湖绿水，珊瑚有两处很宽，形成了岛屿。岛上很荒凉，前天的飓风在一些岛上留下了痕迹，很明显，这地方损失惨重，椰子树被掀翻到16千米以外的地方去了，只有残留的树桩。

哈尔兴奋地观察着。如果他迷了路，找不到这个岛可怎么办呢？但他计算出的位置和一直在他脑中回荡的数据东经158°12′，北纬11°34′是一致的。

这就是珍珠湖了。

他从每个数字上减去90分，在航海日志上记下：珍珠湖，东经156°42′，北纬10°4′。

让他把这个数据抄下来吧，他笑了。如果他的敌人试图向那

81

个地点航行,他什么岛也不可能发现,或者,如果他发现了岛屿,也不是这个。他会在离正确位置以南90海里并以西90海里的地方,那他就远离珍珠湖100多海里了。

琼斯先生不是海员,他在甲板上走路的姿势证明了这一点。当浪大时,他晕船,偶尔他也操纵发动机和舵轮,但任何一个外行都会干这些,他唯一一次用六分仪时,还把它拿倒了。他从未试图算过航海日志上计算的位置。他完全处于哈尔的控制之中了。

好吧,让他好好看看珍珠湖,他再也没有机会看第二遍了。

"咱们绕湖行驶一圈,"哈尔对仍在舵轮边上的罗杰说,"别离珊瑚太近了。"

珊瑚围着湖水,周长还不到1海里,它的西边有一条水路通入湖中。罗杰乘着浪,将船驶进湖中,湖边深竟只有22米,透过清澈的绿色湖水,可以看见湖底由七彩珊瑚形成的城堡似的乐园。

很遗憾,湖底的美景和飓风袭击后的荒凉及两个荒无人烟的小岛形成了鲜明的对比。

"当然,我不愿被遗弃在这里。"罗杰说,"看上去飓风毁了这里的一切生命。我敢打赌,甚至连蝙蝠也全死了。珍珠湖,嗯?它更该被称为饥饿岛。"

奥默看着哈尔的手势抛了锚,哈尔精心选择了抛锚地点,在一高大的珊瑚后面,高耸的珊瑚挡住了北边的视线,船又漂浮了半米左右,然后停止了。

"我们上岸待会儿,"哈尔对琼斯先生说,"你大概对这个岛

12 驶向神秘的珊瑚岛

没兴趣,因为这里荒无人烟,或许你喜欢待在船上。"

琼斯先生假装赞赏这个建议,"对,对,"他说,"我待在船上,既然没有等待牧羊人的迷失羊群,这里对我就毫无意义。"

哈尔、罗杰和奥默走进了不足 30 厘米深的水里,蹚着水上岸。他们爬过珊瑚向北走去,珊瑚很快将他们与船上人的视线隔开了。

13

珍珠湖

爬上西侧珊瑚礁,他们走向西北角珊瑚的宽阔地带,这里形成了一个岛,与东北角的那个岛被一条狭长的珊瑚带连接起来。

"一定在这儿附近,"哈尔说,"斯图文森教授说在湖的东北角。"

岛只有几百米宽。树木,如果这里曾有树木,也被飓风摧毁了,或许,整个岛都沉入水中了。凄凉的椰子树根像坟墓中的纪念碑,有几棵椰子树干残留下,其余的都被飓风卷跑了。

飓风很猛,它将一些珊瑚吹起,堆成 3 米高,如果你绊倒后正好伸出手来,手就会被锋利的珊瑚划伤。

岛靠近湖水的一边是个深深的海湾。大约有 12 米深,不容易看见底。海湾有 100 米宽,孩子们向神秘的海底深处探望着。

"很幸运,我们把奥默带上了,"罗杰说,"我肯定潜不了那么深,你呢,哈尔?"

"我试也不想试。"哈尔说。

奥默准备好下水,可哈尔拦住了他:"等会儿,让我们坐下把话说清楚。这就好像战前会议。"

他把他对传教士的怀疑说了出来。

"也许你是对的,"奥默说,"我认识很多传教士,他和他们不大一样。"

13 珍珠湖

"我觉得他是个骗子,"罗杰说,"让我们当着他的面这么说。"

"不行,除非不得已,"哈尔警告他,"他有可能带着枪,我们可什么武器也没有。"

"但他不会杀我们的,他不过是为了那些珍珠。"

"别那么肯定,在这个海湾或许有一笔财富,我认为他为了得到它什么事都干得出。记住,这不像在家里,离警察很近。在这里,人就是法。除非迫不得已,否则我们对他还像往常一样,可我觉得你们得知道这件事,以至于一旦出了事儿,我们得立即采取行动。好了,奥默,你先到海底看一下。"

奥默脱了衣服,他那褐色身体笔直、强壮,像椰子树干。他站在海湾边的一块岩石上做好跳水姿势,他只穿着游泳裤,戴着一副手套,那是用来保护他的手的,在海底,他要用手抓住锋利的珊瑚向下沉,或是要拿长满刺儿的贝壳。

他开始了潜水员称为呼吸的过程,他深深地吸起气来,一次吸气的时间比一次长。他用双手帮忙,尽量将空气压进肺中,好像他的肺是压缩机。他屏住呼吸,跳进了水中,他没有潜泳,而是脚朝下一直向下沉,没溅起一点水花儿。

在到了水下3米的地方,他开始用力划水,向深处游去。

哈尔和罗杰看过潜泳表演,他们自己也参加过,但他们从未见过眼前的景象。任何一个美国人或是欧洲人,如果能潜入水下10米深就应该是冠军了,在这个深度,水压已经很大,海水似乎要把你顶上来,就像木塞从瓶口上爆出一样。

奥默继续向深处游,12米,15米,18米。

13 珍珠湖

"我敢打赌,如果需要,他还可以潜得更深,"哈尔说,"这些人才真会游泳,他们两岁时就学会了。很多波利尼西亚小孩儿在学走路前就学会了游泳。他们在水中和在陆地上一样自如,就像海豹、乌龟、青蛙和海狸那样的动物。"

现在,孩子们模模糊糊地看见奥默不再游泳了。他靠在珊瑚底上,脚向上浮,把自己向下拉,松手,又抓住另一珊瑚。他重复了几次,看上去好像是用手在海底行走一样。

然后,他抓住一个黑色的圆东西,升了上来,刚露出水面。接着,他又沉下去,又上来时,抓住岩石。

吐出肺中的空气,像枪声一样。他大口吸进新鲜空气,脸上露出痛苦的表情,似乎听不见孩子们的谈话。

渐渐地,他缓过来了,他抬起头,笑了笑,孩子们扶他从水中爬出来,他把那个黑的圆东西放在岩石上。

那是个37厘米宽的巨大牡蛎。

罗杰高兴地叫了起来。哈尔默默地感谢幸运之星带领他找到了这个岛和这个海湾,找到了教授的牡蛎养殖场。一定在这里,因为在这片水域的野生牡蛎直径一般不超过15~20厘米。

"还有更多的这种牡蛎吗?"哈尔问。

奥默严肃地点点头:"所以海底看上去呈黑色,它被坚硬的贝壳覆盖着,有几百个。"

罗杰兴奋得手舞足蹈:"这就是说有几百个珍珠了。"

"不对,"奥默沉着地说,"不是每只牡蛎都产珍珠,事实上,我们可能打开100个牡蛎才能发现一颗珍珠。"

"是这样的,"哈尔赞同道,"但这里的比例会高一些,因为教授努力使这里的条件适应珍珠的生长。"

"或许这只牡蛎中就有一颗珍珠呢!"罗杰拔出刀,想撬开贝壳,他费尽力气,也没有成功。

"告诉你个诀窍。"奥默说着,接过刀。他没有撬,而是把刀插进贝壳"嘴"中,深深插入中间的控制贝壳开关的肌肉中,切断了肌肉,贝壳自然张开了。

然后,他递给罗杰,"如果这里面有珍珠,"他说,"你用手在贝壳边缘摸就能摸到。"

罗杰急切地在贝壳边缘寻找着,没有珍珠,他显得有些沮丧,但他没有彻底放弃希望,"或许它藏在里面呢。"他将贝壳完全打开,在一团黏稠的分泌物中寻找着,但他什么也没有找到。

"真糟糕!"他觉得恶心,将贝壳扔到珊瑚堆起的小山后面,它落在山的另一边,打中了什么,接着,传来一阵哼哼声。罗杰向小山后张望,看到了传教士琼斯先生正将牡蛎的残渣从他的眼睛、鼻子和嘴上擦掉。

他开始说一些与传教士身份不符的话,然后,他忽然想起了自己的身份,便强作笑脸。

"你在这儿干吗?"罗杰问。

牧师没有理会小孩子的问话,而是走过来和奥默、哈尔打招呼,他的耳朵上向下流着一滴滴牡蛎汁。

"我有点儿为你们担心,"他说,"所以,过来看看。"

"你在监视我们。"罗杰生气地说。

琼斯先生宽容地看着罗杰,"我的孩子,你必须记住,良好的行为是近乎神圣的。"

13 珍珠湖

"清白才是近乎神圣的,"罗杰纠正他,"你最好把脸上的牡蛎洗掉。"

琼斯不高兴地转向哈尔。

"你弟弟侮辱我,你能站在一旁熟视无睹吗?"

"作为哥哥的责任,"哈尔说,"是保护他不受像你这样的无赖的欺负,他是对的,你在监视我们。"

"我的孩子,你说得太严重了,你的话是不负责任的热血青年讲出的,但我会真心原谅你的。"他把手放在哈尔肩上。

哈尔甩开他的手:"别唱高调了,你和我一样,根本不是什么传教士,你是个肮脏的两面派。"

"好了,好了,"琼斯先生耐心地说,"控制一下自己的情绪,平心静气地告诉我是什么引起了这场误会。"

哈尔怀疑了,难道是自己错了?很明显,这个人表现出任何传教士所具有的耐心和宽容。

哈尔又从另一方面考验他:"你能站在那儿告诉我,你从未听说过理查德·斯图文森教授的名字吗?"

琼斯先生似乎陷入沉思,"斯图——斯——"他自言自语道,"没有,这个名字我一点儿也不熟悉。"

"你难道没在他的实验室里装窃听器吗?"哈尔进一步追问道,"当他向我们布置任务来此岛时,你没偷听吗?难道从隔壁屋子里走出来,上了一辆黑色轿车,跟踪我们到亨特野生动物基地的,不是你?"

"我不明白你在说些什么。"琼斯先生说,他的声音不那么自信了,一滴牡蛎汁从他高高的鼻子上滴下来。

"我想不会是你把'螃蟹'安插到'快乐女士号'上窃取这个岛位置的秘密吧?他难道没有翻开我的文件吗?你难道不是有意搭我们的船,从而攫取我们的秘密?你难道没抄过航海日志?在你能布道的岛上你下船了吗?你没有,你根本就不关心本地人,你只对珍珠有兴趣。"

琼斯先生一屁股坐在椰子树干上。他伸出双手,宽宽的肩膀向前倾斜,脸色因愤怒变得很难看,但他仍控制着自己。

"好了,"他说,"我知道你揭穿了我的把戏,你知道了所有的细节,是不是?恐怕我不是你的对手。"

哈尔怀疑地看着他,这家伙是不是想用甜言蜜语放松自己的警惕呢?

"不错,"琼斯先生接着说,"我知道再骗你是没有用的,我应该跟你合作而不是反对你。"

"你无法跟我们合作。"

"这不一定,我的朋友,不错,我不是传教士,这不过是个玩笑,我并无恶意。"

"你只想从这里偷走珍珠。"

"别说偷,"高个子纠正哈尔,"我不明白这些珍珠属于谁,这个岛并不是教授的财产,它甚至不属于美国政府,它只是受联合国托管。即使如此,联合国也没有宣称拥有权,它不属于任何人,也就是说,任何人都有权占有它,我也属于任何人的范畴,你也是。这个湖及里面的一切都是公共财产,你和我都有占有权。"

"你的意思是教授为了种植珍珠的费用,所遇到的麻烦,

13 珍珠湖

都……"

"教授是个傻瓜，他太相信人的本性了。不错，人的本性是照顾自己，这也是我在做的事情。现在，咱们直说了吧。我叫墨林·卡格斯，是珍珠交易商，我从南太平洋挖珍珠的人手中买珍珠，把它们带到伦敦、纽约、巴黎，再卖掉，我懂珍珠，跟我作对没你们的好处，我卖珍珠的价格是市场上任何同行都无法比拟的。现在，我愿和你们对半分，怎么样？"

"你站起来，"哈尔严肃地说，"我就会回答你。"

高个子男人站了起来。虽然，哈尔有1米8高，卡格斯在他面前却像站起来的科迪亚克棕熊①。哈尔伸出右拳，用尽全身力量，朝着满是牡蛎汁的那张脸击去。

卡格斯向后退了几步，他没有还手，而是右手伸进上衣里面，从左肩上摘下一把手枪。

"我的事你知道得太多了，"卡格斯粗声粗气地说，"或许你还不知道我杀过人，还不止一个。"

"没有什么阻止你再杀一次。"

卡格斯的眼睛似乎燃烧了："你再说一句话，我就开枪。背朝那棵椰子树干坐下，快点儿！你弟弟坐在你边上，快点儿！"

罗杰怀疑地看着哥哥，没有动，但当枪响时，他们都跳了起来。卡格斯开了两枪，一枪从哈尔身边擦过，另一枪距罗杰只有几厘米远，子弹打到岩石上，又弹进海洋中，湖对面传来清脆的回声，一只海鸥从树干后面出来，吓跑了。

---

① 科迪亚克棕熊，产于科迪亚克岛及附近地区，体重可达680千克。——译者注

两个孩子想，最好还是坐在那儿。

"你不想把枪放下，我们一对一练练？"哈尔建议。

"要我一个男人对付一个孩子？"卡格斯讽刺地说，"我可以用双手把你捏碎，但我为什么要费事呢？我用脑，不用肌肉。如果你理智些，动动脑筋，就答应我的条件，既然你不愿意，我知道谁会答应，奥默，过来！"

"你不会跟奥默达成什么协议的。"哈尔说。

卡格斯粗鲁地笑了："我还从未遇到过不要钱的本地人。奥默，我想让你为我潜水，现在就潜，我给你的钱比你以前得到的多得多。好了，跳入水中吧。"

奥默英俊的脸上慢慢出现一丝微笑，"你错了，卡格斯先生，"他礼貌地说，"或许是你那新几内亚人要钱，但我们雷亚提亚人可不要。"

"我会用枪命令你做事，快下水，要不我就让你在这个岩石上粉身碎骨。"

奥默给哈尔递了个眼色，又看看卡格斯。

"你准备给我多少钱？"

"这才对。你挖上来东西的 1/5 价值归你，不论是贝壳还是珍珠。"

奥默若有所思地点点头，"递给我手套，"他说，"卡格斯先生，它们在你身后的岩石上。"

卡格斯转身拿手套，哈尔刚起身，卡格斯回过头用枪对着他。

"你自己拿。"他对奥默说。

13 珍珠湖

奥默走到他身后，卡格斯侧身盯着他的三个敌人。

哈尔很快一动，吸引了卡格斯的注意，同时，奥默像只老虎，跳起来压在这个高个子男人肩上，用一只手卡住他的脖子。当他拿枪的手举起时，奥默抓住了他的手腕，想使他松手，哈尔和罗杰从正面向他进攻。卡格斯用尽全身力气，抓住枪，又把枪口对准哈尔。

"注意，枪！"奥默喊道，他竭力扭住拿枪的手臂，枪响了，珍珠交易商的前几枪只是警告，但这次，他可真打了，只是波利尼西亚人扭住他的手臂，才使他没有击中目标。

他又把枪对准哈尔，哈尔的拳头正朝他脸上砸下。

奥默没能阻挡住拿枪的手臂，但他还能做一件事，他转动敌人的肩膀，使自己站在枪口和哈尔之间，枪响了，奥默倒在地上。

哈尔立即俯身在奥默身边，他清晰地记得那晚在比基尼岛上，他们忠诚地宣誓互换姓名，奥默遵守了他的诺言。

罗杰不再向敌人的太阳穴发动攻击。他转向奥默，卡格斯迅速消失了。

"让他走，"哈尔现在绝不会离开奥默，"我们待会儿再和他斗。"

奥默躺在那儿，紧闭双眼，哈尔摸他的脉，仍在跳动，鲜血从他右腿膝盖上方20厘米地方流了出来。

哈尔检查伤口，有两个洞，一个是子弹打进去的地方，另一个是子弹打出来的地方，第一个洞周围的皮肤由于射程很近，已经被弹药烧红了。

子弹可能只穿过肌肉,很幸运没有打中主动脉,伤口仍在流血,但并不多。

哈尔脱下衬衫,在湖水中浸湿,擦伤口。

"我们有青霉素就好了。"他说,"或者一些磺胺也行。"

"船上都有,"罗杰说,"我去拿怎么样?"

"在船上能更好地照顾他,把他放在床上,但把他抬过这座小山可不容易,要不然你把船开到这里来,不行,等会儿,我想我听见发动机的声音了。"

不错,湖对面传来发动机的马达声。

卡格斯驾着船,毕竟,这家伙还有点儿良心。

从突起的珊瑚礁背后驶出了"机库",它穿过湖面,来到小海湾。同时,哈尔将他的衬衫撕成止血带绑在伤口上,他必须记住每隔15分钟将它松开一次。

他几乎原谅卡格斯了。很明显,这家伙知道自己错了。

"告诉他在哪儿停船。"他对罗杰说。

然后,他抬起头。很吃惊的是,发动机停了,船仍离岸30多米。

"你还要打开发动机,使它再向前驶一点儿。"哈尔叫道。

卡格斯用懒懒的一笑回答了他,他转了舵,小船慢慢转向,停住了。

"你犯了个小小的错误,"卡格斯讥笑哈尔,"我并不想靠岸,只是想在我离开前向你表示感谢。"

哈尔和罗杰惊呆了,他们不敢相信自己的耳朵。

"你这是什么意思? 走?"哈尔问,不安之情像条蛇在他背上

13 珍珠湖

爬来爬去。

"没错儿,你不接受我的条件,所以,我必须自己走了。我要去旁内浦,找一条小船和一些潜水员,然后再回来。"

"你不能这么做,"哈尔说,"你知道你不会驾船航行。"

"那有什么?旁内浦是个大岛,如果我让船一直向南走,就一定会到。"

"但我们得送奥默去医院,他在这里会死的。这你也不关心吗?"

"我为什么要关心呢?"

"这地方……"哈尔看着被飓风洗劫一空的小岛,很害怕,"你不能把我们扔在这儿,我们活不到你回来。没有食物,连只'螃蟹'也看不见;没有房子,也没有建房子的材料;没有淡水,我们会渴死,你会进监狱。"

"我进过监狱,"卡格斯说,"我不想再进一次,这就是为什么我不把你们3个打死。如果有人问我——我并不觉得有人会问我,我就说你们决定待在岛上等着我回来,如果你们等不到我回来,就与我无关了。"

他的手放到发动机开关上。

"等会儿,"哈尔喊,"至少你可以做一件事,拿出急救箱,把那管青霉素和那罐磺胺扔给我们。"

卡格斯笑了:"我自己可能还用得着呢,老朋友,在海上什么事都可能发生。"

微风使船离岸稍近了些。突然,罗杰潜入水中,奋力向小船游去。哈尔紧跟其后,如果发动机第一下没有启动,他们就会追上小船，可追上后，到底怎样对付这个持枪人，他们还没来得及考虑。

卡格斯打开开关，发动机启动了，螺旋桨转了起来，沉重的小船慢慢启动，有一阵儿，孩子们好像能抓住它了，可接着，它行进的速度就比他们游得快了。

他们不再向前游了，踩着水，看着小船穿过湖面离去，就在小船进入大海之前，卡格斯挥手向他们告别。

然后，除了船在水上留下的波纹，什么也看不见了，什么也听不见了，只有在飓风离去后活下来的孤独的海鸥的鸣叫声。

"只好如此了。"哈尔说。绝望使他的心冻结了，他们懒懒地游回岸边，爬上炎热的岩石，在奥默身边躺下。

哈尔和罗杰默默地相对而视。仍然很难接受事情的真相，他们的眼光停在光秃秃的珊瑚堆上。

罗杰虚弱地笑了起来："我一直盼望有个机会被遗弃在孤岛上，但我从未想过被遗弃在如此荒凉的岛上。"

14 荒岛

奥默微动身体,呻吟着,他的前额因痛苦紧锁着。他睁开眼睛,看着罗杰和哈尔,渐渐地记起了刚才发生的事情。

"对不起,给你们添麻烦了。"他想坐起来,可皱起眉头,又倒了下去。

"你最好躺着。"哈尔说。奥默强使自己笑了笑,"我昏过去后发生了什么事?我错过什么事了吗?"

"没什么,我们刚刚跟卡格斯告别。"

"告别?"

"他走了,驾驶着那条船,去旁内浦找小船和潜水员。"

奥默睁大了眼睛:"不,他一定在吓唬我们,只是想吓倒我们答应他的条件,他今晚之前就会回来的,他不会把我们扔在这个岛上的。"

"希望如此。"

"至少需要三天,他才能到旁内浦。他恐怕要在那儿待上一个星期甚至两个星期才能找到小船和潜水员。潜水员可不会轻易地跟他来,他有没有意识到在这三个星期里我们的命运如何呢?"

"我想他知道,他一点儿也不在乎。"

看着耀眼的阳光下一片荒凉的白色岩石,奥默说:"你们知道为什么这个岛上无人居住吗?"

"不知道，为什么？"

"因为人类无法在此生存，或者至少没人愿意尝试，这里没有足够支持人活下去的东西，就是仅有的一点儿也被飓风卷走了。连鸟也觉得此地无法生存。在湖里，我没见到鱼，罗杰称它是饥饿岛，这个名字恰如其分，甚至还可以称它为死人礁。"

他闭上眼，因疼痛扭动着身体，然后，他抬起头，笑了。

"我不该那么说，可能因为我觉得虚弱。当然，无论怎样，我们都能生存。但我们要做的事很多，我不能躺在这儿躲清闲。"他挣扎着坐起来。

"你躺下！"哈尔命令道，"看看你在干什么，伤口又开始流血了，我们没有药。"

"你错了，"奥默虚弱地说，"我头下枕着的东西就是药。"他的头枕在椰子树干上。

"我们用它能做些什么呢？"

"拿出你的刀子，哈尔，刮树皮，细细地刮，使它成为碎末，然后，把它敷在伤口上，它有收敛作用，可以止血。"

"但还没有消毒啊！"

"消毒了，太阳的暴晒就能消毒。"

他曾听说波利尼西亚人如何巧妙地运用香草、芦笋、树根和各种树木治病，但他从未想到在他病人的头下会找到药。

他细细刮着，直到有足够多的椰子树皮粉，然后，把它敷在伤口上，再从衬衫上撕下一条布作为止血带绑住伤口。

哈尔把手放在奥默的前额上，很烫。奥默发烧了。

"我们得把他抬到阴凉处。"哈尔告诉罗杰。

14 荒岛

阳光照得他们的眼睛眯成一条缝，他们审视着小岛，被晒得发亮的岩石似乎在嘲笑他们。

树桩下面有一点儿阴凉。他们把奥默抬到那儿，虽然他们得根据阴凉的移动不时地移动奥默，可总比没有一点儿凉快地方好多了。

"不管怎样，我们得建个栖身之处。"哈尔说。

罗杰痛苦地笑笑："想得美！"但他立即起身开始在岛上寻找建筑材料。

奥默的嘴在动，哈尔俯身听他说话。

"我希望我说的话并没使你们太着急，哈尔，我们能生存下去的，毕竟，时间不会太长。一两个星期，最多三个星期，他就会回来。他会找到路的，他有航海日志，要是他不回来了，那形势就严峻了，没有船会路过此地，我们会腐烂，但我们无须着急，他会回来的。"

"对，奥默，"哈尔说，"现在看看你能否睡一会儿。"

哈尔觉得心寒，只有他知道，卡格斯永远不会回来了。

卡格斯可以参照航海日志，这是个多么残酷的玩笑。哈尔本想跟卡格斯开个玩笑，现在成了他跟自己及两个同伴开玩笑了。这个玩笑会夺走他们的生命。

航海日志上的记录与实际相差100海里，在那里找不到岛，卡格斯根本不知再向何方航行，他找到这个岛的机会是千分之一，甚至是万分之一。他或许会整日整年地寻找也找不到，他可能来到离此地20千米的海域，但他仍可能看不到珍珠湖，岛上的珊瑚没有高过海平面3米，也没有高耸的树木，在近距离内，珊瑚可能被误认为是风在海面掀起的浪花。

即使大约经过一年的寻找，卡格斯奇迹般地找到这个岛，他们会怎么样呢？他会在岩石丛中发现他们的尸骨。

或许卡格斯并不想让他们死在这里，或许他会在他们死前赶到这里。但哈尔确信他是不会回来的。

罗杰和奥默知道是他签署了他们的死亡证书会不会怪他呢？他们不会怪他，但他们躺在这可怕的白骨般的珊瑚石上，忍受饥饿时，还能不怪他吗？

至少，现在还不能让他们知道，这会使他们丧失最后的一丝希望，这对奥默的伤口恢复也没有好处。

哈尔忘掉了不快，一心照顾奥默，伤口已停止流血。偏方灵验了，他小心解开止血带。把它解开，可以防止伤口腐烂，伤口没有出血，哈尔对椰子树皮的止血作用很佩服。

他把撕成条的衬衫拿到海湾边，浸在水中，在空中甩一甩，水蒸气使衬衫上的水降温，把它敷在奥默滚烫的前额上。奥默昏睡着，几乎不知道哈尔在干什么。

罗杰也没运气。建房顶的自然材料应该是椰子树叶，岛上有数不清的树墩，但大多数倒下的树干都被下暴雨时的大浪冲走了。

有几根树干被死死挤在岩石缝隙间，他满怀希望地检查着它们，可惜树叶在树倒前就掉光了。

好了，也不一定必须用椰子树叶。阳光太强了，他闭上眼睛，思考还能利用什么，露兜树叶可以，或者芋头叶也行，在一个颇为荒凉的岛上应该满是这类东西。他曾读过很多有关荒岛落

14 荒岛

难者的故事,他知道荒岛该是个什么样子。

它应该是像冰箱一样充满食物的一片丛林,你只需爬上树摘一根香蕉或是面包果,或是野橘子,或是柠檬,或是杧果、木瓜、酸苹果、榴梿、柿子、番石榴,或是野葡萄。湖里尽是鱼,从海滩上你可挖出大量的蛤和蚝。鸟也很多,可以用手抓到,朝向海边的峭壁上有满是蛋的鸟巢。当大海龟晚上上岸下蛋时,你便可找到它。你可以喝到山里的清泉,在林中的池塘里沐浴,你还可以及时用竹子搭个棚,用椰树叶搭个顶。

他睁开眼,白色岩石的反光刺得他眼睛生疼,他眨眨眼。

然后,他在海浪冲不到的岩石中发现有个东西倒在那里,很像翻过来的船,或许,那真是被飓风卷到岸上来的小船呢?

他的心因兴奋跳得快了,如果那真是条小船,他们就能离开饥饿岛。他朝它跑去,还被尖利的珊瑚绊了一下。

可这不是条船,而是一条大鱼。鱼腹朝上,已经死了,它足有10米长,和大象一样的宽大。

它的身体是棕色的,上面点缀着白色斑点。它的脸看上去像只被放大了几百倍的不高兴的牛蛙,脸两边的角上长着一对小眼睛。

最吓人的部分算是鱼嘴了,有1米多宽,嘴角长有长长的须。

人们会认为这么个凶猛的庞然大物一定是食人动物,但罗杰以前见过这类鱼,他知道这是鲸鲨,是所有鱼类中最大的一种。有时还会见到比这条鱼还长两倍的鱼。虽然它是鲨鱼,但它对人无害,它只吃很小的生物,有些生物用放大镜才可看到。

"但也不能用它来做房顶啊!"罗杰提醒自己,走开了。然后,他突然想起了什么,又转回身。他想起曾见过住在西伯利亚阿穆尔河流域部落人的房屋的照片,在那个地区,没有用来建房屋的林木,因此,人们用鱼皮建房。

用鲸鲨皮造个小棚子怎么样?

他跑去告诉哈尔,他想哥哥可能会嘲笑他的主意,但哈尔说:"为什么不能呢?我想你说的有道理。"

他们回到鲸鲨那里。

"它肯定是整个太平洋最难看的鱼了。"哈尔摸着粗糙得像砂纸似的鱼皮说,"要剥这张皮可不容易,但我们的刀很锋利,我们从腹部开始割,在脑后和翅前将它切断。"

鱼皮有如砂布般粗糙。有时,除非用珊瑚块当锤子锤,刀子是进不去的。

哈尔汗流浃背,喘着粗气说:"这东西有一个好处,一旦我们用它做屋顶,肯定比任何椰树叶都耐用,它一定和石棉瓦一样结实。"

"而我们需要的,"罗杰插嘴说,"只是等卡格斯几个星期。"

哈尔觉得心一沉,他还不准备告诉罗杰,但他是不是该对卡格斯不回来这一坏消息有思想准备呢?

"当然了,"他努力使语调轻松,"但也有我们见不到他的机会。"

罗杰停步望望他。

"那我们怎么办?"

"噢,我们会战胜困难的,我们必须这样做。现在,让我们

14 荒岛

努力把这个角落里的皮割下来,我说,这皮可真厚!"

经过两小时的艰苦劳动,他们停下来休息,鱼皮还未剥下一半,死鱼的味道太强烈,太阳光像锥子般射在他们头顶上,他们的眼睛眯成一条缝。罗杰用袖子擦了一下脸上的汗,哈尔已把他的衬衫变成了止血带、绷带、降温敷布。现在,他用弟弟的衬衫襟擦着汗。

"有杯水喝就好了。"罗杰说。

哈尔严肃地说:"我们在想什么?水!那比房子还重要,甚至比食物更重要。让我们把剩下的活儿留着明天干,去看看奥默怎么样了。然后,就去找水。"

奥默睡着了,树墩的阴影已移开,哈尔和罗杰又把他抬到阴影里,哈尔将敷在他脑袋上的布浸在水里涮了涮,然后,重新放在奥默的前额上。

开始找水了。孩子们出发时,显得情绪很高,但实际上,他们都不抱什么希望。在这个被太阳烤得发热的荒岛上,怎么能希望找到淡水呢?

"飓风来时,这里一定下了大雨,"哈尔说,"可能有些留在岩石缝中。"

靠近岸边的一个岩石缝像个碗盛了一点点水,罗杰迫不及待地跑过去,用手捧起水尝了尝又吐出来。

"咸的!"

"一定是巨浪留下的,"哈尔猜想着,"让我们去离岸边远点儿的地方找吧。"

他们发现许多岩石洞里面都没有水。有些洞中,有水存留的痕迹，但它们都渗过多孔的珊瑚石，枯干了。

罗杰检查着椰子树墩。

这些树上一定有椰子。

如果他们能发现果实，就既不会缺水，也不会缺食物了。那清凉、甘甜、牛奶似的椰子汁该是多么可口啊！还有那白色椰子肉。

可费了半天劲儿，也没找到椰子。

"找不到椰子的原因，"哈尔说，"是它们漂走了，当海水冲上陆地时，椰子随之漂到了大海之中。"

"下一步我们怎么办？"罗杰问。

"挖，"哈尔建议，他带路来到海边，"人们说，如果你在落潮后的海边挖个洞，可能会找到淡水。这地方怎么样？刚好在潮水线以下。"

"这主意听来真怪，"罗杰说，"但我不想问你其中的道理，我们要么挖洞找水，要么就被渴死。"他捡起一块珊瑚片当作铁锹，在地上挖了起来。

挖了大约1米，哈尔停止了："别挖了，看看怎么样了。"

洞中渐渐渗出了水，顷刻间就有八九厘米深。

"你怎么知道这一定是淡水呢？"

"我不知道，"哈尔说，"但我希望是淡水。在其他珊瑚岛上有类似的情况，遭海难的船员就是用这种方法免于渴死的。"

"它为什么是淡水呢？"

"海水渗过沙子时，失去了一些盐分，雨水从岩石渗过来，你现在试一下，小心，只喝表面的水，淡水密度比海水小，会浮

14 荒岛

在上面。"

罗杰舀了一点儿表层水尝了尝,然后又喝了几口,"咸的,"他说,"但比海水要淡一些。"

哈尔尝了尝暖暖的、略带咸味的水,失望了。

"再多喝点儿你就会觉得恶心。"

罗杰的确觉得有些恶心,他用手支撑着前额,将吃过的早饭全吐了出来。

他转向哥哥,生气地说:"都是你的淡水,你对如何在荒岛上生存的无知可以写成一本书了。"

"恐怕你说得对,"哈尔承认道,"我只知道美国海军教导人求生存的办法正是我们现在所采用的。"

"那为什么不起作用呢?"

"或许因为这里的沙子太粗,无法过滤海水;或许没有足够的雨;或许雨水透过岩石流走了。"

"行了,别站在那儿告诉我'或许'了,还是给我找点水吧。"

"有时,"哈尔说,"我觉得你被惯坏了,你觉得这岛上只有你一人渴吗?"

罗杰不作声了,他们又开始了枯燥的寻找。他们走过像桥一样连接两个小岛的一段狭长珊瑚。一侧是海水拍打岩石的浪花;另一侧,一片白色沙滩斜向插入湖底。湖面一平如镜,这里不过3米多深,湖底有如仙境:粉色的宫殿、宝塔、小型饰物,全是微小的珊瑚虫建造的。

如果能忘掉炎热、疲劳、红肿的眼睛及饥渴,这里可称得上是令人喜爱的地方，但他们现在却被痛苦折磨着。

珊瑚渐宽，形成了另一个岛。他们用了一个多小时找水，除了在岩石凹陷处海浪留下的海水外，没有再发现一点儿水。有椰子树桩和树干，却没有树叶。他们满怀希望地想在树桩顶部凹处找到雨水，但雨水也已蒸发尽了。

后来，他们找到了一只椰子，它被压在一块岩石下，浪没能把它冲走。

他们剥掉椰子壳，激动得手有些发抖，壳中间已经碎了，哈尔把刀子插进去，在椰子上部打了个洞。当他们看到椰子内部时，都失望了。

"太遗憾了，"罗杰说，"已经坏了。"

海水透过碎壳，腐蚀了椰汁和椰肉。

哈尔取下椰子中间的硬壳："至少，我们现在有个杯子了。"

"有杯子没东西盛又有什么用？"

"我们会找到东西的。"

他们一直找到太阳落山。肚子开始提醒他们，不仅需要水，还需要食物。

"这儿有水！"哈尔惊叫道。罗杰过来，看他找到的只不过是在岩石缝的土壤中生长的低矮的宽叶野草。

"这就是你说的水！"罗杰讽刺他。

哈尔并没有理会他的讽刺，他剥开一片叶子，吸吮着。叶子上满是清凉的汁，滋润着他干燥的嘴唇和火烧火燎的舌头。哈尔的脸上露出了满足的微笑。

罗杰咬了叶子一口："天啊，太棒了！"但他们都没有再接着吸吮下去，俩孩子只有一个想法，挖出些草叶，拿回他们待的岛上去。如果他们渴，那么正在发高烧的奥默会更渴。

奥默不停地翻着身，他睁开眼，眼睛因发烧而变得很红。

"我们给你带来了水，奥默，但你必须自己吸吮，我不知道你们岛上的人称这是什么东西，但我们叫它藜或马齿苋。"

奥默急切地接过植物，他吸吮着叶子、茎以及根，并将汁吞咽下去。

"太好了，"他高兴地说，"我希望你们为自己再找一些。"他看着罗杰。

"这些都是你的，"罗杰说，"我们没事儿。"

"很抱歉，我们不能招待你吃晚餐了。"哈尔说。

奥默笑了："我只需要水，现在我可以睡觉了。"他又闭上了眼睛。

哈尔又去寻找马齿苋，但没有找到。他从叶子上吸到的一两滴水似乎增加了他的饥渴感，他很高兴看见太阳终于落到地平线以下。珊瑚石很快降温了，感谢上帝创造了夜晚。他疲倦地想，又一个炽热的白天将会来临，接着是另一个又另一个，直到他们死在这个被海包围的岛上。

怎么样才能找到水！这仍然是最重要的问题。他坐下思考，把手放在岩石上。突然，他意识到岩石很湿。

露水，开始有露水了。在黑暗的影子里，湖面上笼罩着一层雾，如果他能想办法收集露水……

波利尼西亚人知道怎样做，如果他能知道他们的办法就好了，他想问奥默，但又必须让奥默睡觉。

他走到湖边，在沙滩上挖了个 60 厘米宽的洞，把椰子壳放在洞底，用从奥默前额上取下的罗杰的衬衫盖住洞口，在椰子壳上面的衬衫上挖了个洞。然后，在衬衫上用石子搭成 1 米的"金字塔"。

夜晚，露水将会集中在石子中间的空隙中，顺着石子滴到衬衫上，再流进椰子壳中。早晨，他们就会有一椰子壳淡水了。

哈尔回来时，罗杰已躺在奥默身旁睡着了，哈尔躺在凹凸不平的珊瑚上，尽量让自己觉得舒服些。

但他无法入睡。决定着生死命运的三个词一直回荡在他的脑海中，这就是：水、食物及住处。

他想起了家中舒适的生活，在那里，住在相当考究的房子里，睡在舒服的床上，拧开水龙头就有自来水，到了吃饭的时间就有人准备好了并且告诉你。

家中的生活太好了，人们已经习以为常，忘记了去欣赏它。哈尔觉得他再也不会认为家中的生活是理所当然的了。

他的喉咙像砂纸一样干燥，胃像鼓一样空，他迷迷糊糊地睡着了，梦见了雨，又惊醒了。

哈尔仰望天空，没有一片云彩比他的手掌大，星星闪烁着，银河系就像一条满是白点儿的玻璃路。

比基尼岛那一晚，他曾听到灌木丛里有小动物跑来跑去，但在这个被奥默称为"死人礁"的地方，除了海浪声外，万籁俱寂。岛上那条死鲸鲨的身上，不时传来了"死亡"的气息。

哈尔困惑地睡着了。

15 鲸鲨皮屋

黎明时分,哈尔醒了。尖硬的珊瑚石在他背上硌了许多小坑。空气凉爽、新鲜,使他有些抽筋。哈尔觉得不像昨晚那么渴了,那么饿了。他明白,这不是个好征兆——他的身体开始麻木了。

清爽的空气使他重打起精神。无论怎样,他们要战胜这个珊瑚岛,也要战胜卡格斯。

他试图回忆诗句——清晨露水似珍珠,自然界是美好的万物。他的情绪饱满起来,接着去察看椰子壳里是否有露水。

椰子壳中几乎有一半露水。他希望能更多些,但不可能,由于雾不是很浓。他把这珍贵的液体拿回到宿营地。

奥默的身体在颤动,看上去他似乎人事不省,哈尔用手抬起他的头,将一半水灌进他的喉咙里。

"你把剩下的喝了吧。"他对罗杰说。罗杰正坐在一边打着哈欠,揉着背上被珊瑚硌的痕迹。哈尔递给他椰子壳之后,过去继续剥鱼皮了。可怕的太阳就要升起,很明显,他们应该采取些措施了。

罗杰坐在那里,看着椰子壳底的淡水。如果此刻让他选择水还是100块钱的话,他会说:"我要水!哼!"——骆驼可以一个星期不喝水,可他哥哥说他被惯坏了。奥默在轻声呻吟着,喃喃地自语:"太热了——太热了!太热了!"脸上淌下了汗珠。太阳出来之前他就这么热,待会儿他会觉得怎样呢?罗杰掰开奥默的嘴,将剩下的水全倒入他的嘴里。

他觉得自己很高尚,然后,出去帮助哈尔。他曾想告诉哈尔他刚才的行动,这样哥哥就不会认为他被惯坏了。但最后他决定缄口不言。

火红的太阳升起了,他们才将鱼皮剥下来。这张鱼皮很大,有6米长,2米宽。他们将粘在皮上的肉刮掉,然后,退后几步,欣赏着自己的杰作。

"你这主意真好!"哈尔说。

"我记得你告诉过我,什么地方的人们用鱼皮建房,是在西伯利亚吗?"

"是的。人们称他们为鱼皮鞑靼人,他们的食物是鱼,他们用鱼皮做衣服和鞋,他们的屋子是用柱子支撑着鱼皮建起来的。当你来到一个鱼皮村附近,从气味就可以有所感觉。"

"我明白你的意思。"罗杰说着,把鼻子扭到一边。

"太阳晒过后,鱼皮的味道就没那么刺激了。但我们应该把这具鱼的尸体处理掉。让我们试着把它推到海浪能冲到的地方去。"

费了九牛二虎之力,他们才把这个奇特的肢体移到水边。

"这鱼有很多肉,"罗杰说,"可惜我们不能吃它。"

"它腐烂得太厉害了,最好还是别吃。"

这样,他们抛弃了大海奉送给他们的有毒早餐,拖着鱼皮,返回到宿营地。

15 鲸鲨皮屋

现在他们郑重地开始了建房。没有钉子、螺丝钉、螺栓,没有横梁、栅栏、木板,一个建筑师通常认为建房必要的东西他们都没有,他们必须发挥独特的创造力。

"鱼皮只够做房顶,"罗杰说,"把珊瑚石垒起来当墙怎么样?"

"当然可以,但我们还需要房梁及支撑房顶的柱子。那个椰子树干可以用来当房梁,它不太粗但又细又长,我想我们能把它搬起来。"

"如果我们能发现几个等距离的树桩,就可以用它们当柱子了。"

岛上有许多残树桩。他们发现有两个,大约有 2 米高,相距 3 米。他们用刀子将树桩顶部削成 V 形,再将树干平放上去,架在两个树桩上的切痕处。现在,房梁造好了。

"建房从屋顶开始真是太有趣了。"罗杰说。

"并不新鲜,波利尼西亚[①]人经常这么做,日本人也这样。先建房顶,把它吊在桩子上,庆祝一番,然后再建房顶下面的部分。"

他们把 6 米长的鱼皮盖在房梁上,这样每边有 3 米长。然后,砌墙。他们将珊瑚石垒成 1 米多高,尽量把石头摆齐,使墙里面平直,墙外面用更多的石子撑住,在墙的侧面还留出 4 个缺口,作为通风口和进出的门。

然后,他们从房梁两端到墙顶部把鱼皮拉直,并用珊瑚块

---

① 波利尼西亚,中南太平洋诸岛总称。——译者注

压紧。

房子建成了，毫无疑问，没有人见过这样的房子，就是鞑靼人也会觉得蹊跷。

他们把奥默抬进去，把他放在最平的那块地上。看到这里又黑又凉快，他满意地出了口气。90厘米厚的珊瑚石垒成的墙挡住了阳光，鱼皮虽不像棕榈叶隔温效果好，却比木屋顶要强。房顶低了些，但对于暴风雨的袭击，房子还是低矮隐秘些好。

从房顶长度计算，这房子只有2米，但从地面上计算，它有6米，足够3个人居住的了。

"下雨天我们甚至有地方在屋里做饭。"哈尔说。

"如果有雨，如果我们能有饭做，如果我们没有火柴就能点着火。"罗杰讽刺说。

哈尔咬咬牙，说道："我们应该使如果成为现实。我无法人工降雨，可我们一定有办法找到淡水。让我想一想，可以从蔓草汁中得到水，可这里没有蔓草；仙人掌中有水，可这里没有仙人掌；露兜树怎么样？就是在如此恶劣的地方也应该有这种植物，那些中间空的须根就含有水分。走，咱们去找一找。"

他们出去了，好像热情很高，可心里并不抱很大的期望。

哈尔捡起块石子递给罗杰，"吸吸这儿，"他建议道，"它会促使唾液分泌，你会觉得像喝了水似的。"

他们艰苦地寻找着，一直到天黑了也没有发现露兜树，也没有任何包含水分的植物。这里似乎和月球一样干燥、死寂。

晚上，哈尔又垒起石堆，收集露水。但是风刮起来了，形不成露水。早晨，椰壳是空的，连病号奥默也没水喝了。

15 鲸鲨皮屋

奥默苏醒过来。他的腿很疼,由于发烧,使他感觉很渴,他忍受着。从他的前额和双颊看出,他已不发烧了。哈尔为水的事征求他的意见,告诉他他们的努力:"或许你有更好的主意。"

"没有,我要做的你们都做了。你们很聪明——先找到马齿苋,后来又收集露水。"

"我一生中从未觉得自己这么愚蠢。"哈尔说。

奥默看着朋友那张憔悴、困惑的脸。

"你让烦恼折磨坏了,愿帮我个忙吗?"

"当然,什么都可以。"

"你和罗杰到海里去游泳,我们那儿的人相信,在事情变糟时,先不要理会它,去玩一玩,这样,会使你精神放松,能更好地思考一下。"

"好的,奥默先生,如果你认为必要,"哈尔说,"但看上去好像是在浪费时间。"

"小伙子,我觉得这样很有益,"罗杰说,"我们到海洋那边去游,那里更凉爽些。"

这里的海底不是渐渐倾斜下去的,很陡,他们跳进波浪中,像两只嬉戏的海豚,潜水、游泳、打水,将烦恼抛到了脑后。

"你追不上我。"罗杰喊。

"你打什么赌?"

"你追上,这个岛就是你的了。"

"我可不想要这个荒岛,但我要追上你。"罗杰消失在水中,哈尔也潜入水里。

在水下6米也许更深的地方,罗杰开始沿着岸边游。哈尔紧

113

紧跟在后面，在珊瑚礁变宽形成另一个小岛的地方，罗杰忽然觉得水变得很凉。

好像是从陆地流入海底的暗流。一会儿，他游过了那个区域，后来哈尔也感觉到了，他们都很奇怪，然后浮回到海面上。

罗杰甩甩头上的水："你觉得那是什么？"

"是从陆地的一个岩洞里流出来的，你知道这意味着什么吗？"

"我不能说知道。"

"这意味着我们找到了淡水！要么，就意味着我是草包。"

"或许你真是草包。"罗杰说。

"真想我们有个瓶子。好了，咱们先下去，喝个够。"

哈尔又潜入水中，当头进入冷水区域时，他张开嘴，让水进入嘴里。是清凉甘甜的淡水！他咽了下去，又喝了一口，游上来，罗杰在他身边也上来了。

"是真的。"他赞叹道。

哈尔高兴得手舞足蹈，"事情开始向好的方面转化了，"他神气地说，"待在这儿，做个记号，我去拿椰子壳。"

10分钟后，拿来了椰子壳。

"必须有个盖子或塞子啊，"罗杰说，"你下去时怎能保证海水不流进来呢？"

"我认为无须保证海水不进去，"哈尔拿着椰子壳潜入水中，海水立即装满了椰壳。当到达冷水区域时，他把椰壳翻了过来，手伸进去换了几次水，盐水重，流出来了，淡水充满了椰壳。

他侧着拿椰壳，游回海面上，在珊瑚石上和罗杰会合。

"尝尝,"他把椰壳递给罗杰。罗杰小心地品尝着,接着,就大口大口地喝起来。

"少喝点儿!"哈尔警告他,"你身体内部像骨头一样干燥,如果一下子喝得太多,就会有麻烦事了。"

再一次将海下泉水灌满了椰壳后,他们拿着这个珍贵的礼物来到奥默面前。这个烧得虚弱的病人看到盛满水的椰壳时,激动得流出了眼泪。他抿了一小口,把椰壳放在一边。

"我一生中也没尝过如此好喝的东西。"

"你不多喝点儿了吗?"哈尔问。

"待会儿,一下子喝很多我的胃受不了。"

"现在,我们有了生活中两样最基本的东西。"哈尔说,"房子和水,但我的直觉告诉我,我们坚持不了多久了,因为没有食物。"

奥默苦恼地说:"我本该帮你们的,现在我躺在这里,像根树干一样没用。"

哈尔充满感情地看着他棕色皮肤的同伴:"你站在枪口前时,帮了我大忙了。"

"别提这事了。"

"我永远也不会忘记的,或许有一天我会报答你的。此刻,我能为你做的最好的事是给你找点吃的,来,罗杰。"

罗杰很不愿离开鲨皮屋这个凉快的地方。

"我不相信,在这个地狱般的珊瑚岛上能找到食物。"他抱怨着。

"有一个好的迹象,"奥默说,"你曾提到在岛上有海鸥。如果这里没有食物,它是不会在这儿的。"

15 鲸鲨皮屋

"很抱歉,"哈尔说,"它已经走了,是昨晚飞走的。"

有一阵儿,他们谁也没说话。尽管有了水,失望仍沉重地压迫着他们的精神,饥饿使他们觉得虚弱无望。哈尔准备起身,当他站起来时,脚步似乎不太灵活,因为他觉得双腿发软。他走出了小屋。

"来啊,朋友,"他回过头叫罗杰,"我们得证明那只海鸥错了。"

16
找到了食物

饥饿使他们目光敏锐。他们仔细地在珊瑚岛上寻找着，一切可食的东西都躲不过他们的眼睛。

他们翻开珊瑚石，在下面寻找；他们搬动树木，在海滩上挖沙土。

他们失望了。

3个小时后，罗杰疲倦地倒在地上，头枕着一根木头，再也不想动了。

渐渐地，他听到吱吱声，好像来自树干内部，他叫来哈尔。

"把你的耳朵贴在树干上，你能听到声音吗？"

哈尔倾听着："这里面有生命，或许我们用刀子可以找到它。"

他们切开树干，看到里面已腐烂了。罗杰又觉得一阵恶心，他看到了类似大毛毛虫的东西。

"是幼虫，"哈尔叫道，"过一段时间它会变成甲虫的，先把它装进口袋里，看看是否能再找几只。"

"你不是说我们要以此为食吧！"

"当然是了，乞丐无权挑剔。"

他们一共找到了14只幼虫，把它们拿回来给奥默看。

"这东西有毒吗？"罗杰怀疑地问。

16 找到了食物

"没毒，"奥默说，"而且含有丰富的蛋白质。"

"不用煮就能吃吗？"

"要煮，太阳会帮忙的，它们不习惯阳光，把它们放在炽热的岩石上，一会儿，就烤熟了。"

烤蛆的味道不算坏。事实上，经过两天的饥饿，每个人都觉得这顿饭很香。

"你找到幼虫的地方一定还能发现白蚁，"奥默说，"它们也喜欢腐烂的树木。"

奥默的猜想被证实了，在树的另一部分，孩子们发现了一个白蚁窝，又肥又大的白蚁，也不喜欢阳光，躲进树干的洞穴里。哈尔和罗杰把它们弄出来，放在烈日下炎热的岩石上，它们蜷缩起来，死了，干了。

孩子们又有食物了，他们几乎变得快乐了。

罗杰咂咂嘴，"如果回到家里没有幼虫和白蚁吃，我真不知该怎么办了。"他说。

进一步的搜寻，没有什么收获。在太阳落山之前，哈尔又潜入海中取淡水，他似乎觉得海底暗流不像原来那么强了。这股暗流或许是因为几天前下雨形成的。雨水渗透过珊瑚石，从海底流出来；但如果不下雨，这些淡水就不会持续不断。哈尔回到宿营地，心里很害怕，但他没说什么。

"这片水域里一定有鱼，"他说，"我们怎样才能捉到鱼呢？"

他们讨论着捕鱼的可能性，他们没有鱼线、钩子、钓竿、鱼饵、网、鱼叉，捕鱼确实成问题。

奥默如果没有生病或许会帮他们出主意。但此刻，他很累，已经睡着了。哈尔和罗杰继续讨论着，但罗杰也困了。

"我们能设个圈套，"哈尔说，"如果我们有个箱子、盒子或是篮子。"

"但我们什么也没有，"罗杰打着哈欠，"所以我们无法设圈套。"

"没错，我们可以。"哈尔喊道。

他还没说完就跑出屋子，罗杰睡眼惺忪地跟着他，他不知道哥哥想出了什么妙主意。

尽管太阳已经落山了，但天还没黑，哈尔迈着沉重的步伐走到海边，他开始把珊瑚石垒起来。

"请告诉我你要做什么好不好？"

"我想用珊瑚石设个圈套。现在正是时机——在海水退潮时，我们堆起一个围墙，涨潮时，海水就会流进来，或许，鱼也会流进来。当退潮时，一些鱼就会留在珊瑚墙里被围住了。"

"如果行得通，这倒是个不错的主意。"罗杰赞同道。他们开始垒墙，将墙延伸至海水中几米，这样，即使在低潮位，墙内也会有些水。

他们垒完后，一个 1 米高、6 米宽的堰坝便矗立在那里了。

哈尔计算着，潮水在午夜后会上涨，太阳升起时将退落。

第二天早晨，阳光刚刚照射在鲸鲨皮屋时，罗杰就已醒了，想吃早餐，他吃的幼虫和白蚁早就消化完了，他想吃更丰盛的东西了。

"快醒醒，你这睡虫，我们得去看看堰坝中有什么了。"

在珊瑚石垒起的浅水塘里，几条鱼在挣扎着试图逃脱，其中

16 找到了食物

的一条极漂亮,绿色和金色的鱼身上镶有蓝色和红色的条纹,哈尔把它视为天使。还有两条鱼可没这么漂亮,却很好吃,一条鲮鱼,一条鲱鲤科鱼。还有一条毒蝎鱼,他们把它留在水池里,希望下次涨潮时,海水会把它带回海中。

罗杰正准备用手抓锥形星鱼,哈尔拦住他。

"那鱼触须上有毒,"他说,"如果你的手碰上它,你的胳膊就会肿起来,接着,你全身都会肿起来,很快你的心脏就会停止跳动。"

罗杰离开那条鱼远远的。他们捉住了其他一些鱼,带回宿营地,奥默高兴极了。

"当然,我们可以生着吃,"他说,"但煮熟了味道会更好。如果我的手有力气,我就能生火。"

"让我试试。"哈尔说。但心里却没有底儿,因为他记起在亚马孙河漂流的岛上,他点火时所遇到的麻烦。

首先,他弄来引火物,至少,这很容易。从腐烂的树木上,他刮落污秽的木灰,再把树木劈成薄片和长条,然后,他和罗杰把它们堆积了起来。

"现在,找个引火棍,"哈尔说,"一定要很轻,很干燥的。"

"这个怎么样?"罗杰从海边捡起一根,它既轻又干燥,像根骨头一样。

"就要这样的。"哈尔说。

他折断一小截,把一头削成尖的,再把长的一截支撑在石头上。开始用削尖的一头在上面上下划着。

他越划越快,因为只有用力和快速才可能成功。他的脸上渗出了汗珠,长长的木条上被尖尖的木头划出了一个槽,木屑不时落入槽内。

他的动作更快了,木屑里不时泛出了烟味,接着,火从木屑上燃起。

趴在地上的罗杰轻轻吹着火焰,使它燃烧得更大一些。火烧起来了,哈尔停止划木条,将其他木条架在木屑上,火越烧越旺。取火成功了。

"唷!"哈尔出了口气,擦着他额头上的汗,"我想我还是喜欢用火柴点火。"

孩子们急忙草草地将鱼洗了洗,然后,用树枝叉着,架在火上。

那天早餐像个盛大的宴会,兴高采烈的漂泊者喝着泉水,吃净了每一块烤鱼。这可称得上是一顿美餐,现在他们已忘了最初3天的恐怖,他们已征服了荒岛。

"至少,现在我们知道我们可以等着卡格斯回来了。"罗杰说着,捡起一根树枝,他在上面做了3个记号,正在开始做第4个记号。

"你这是干吗?"哈尔问。

"记上我们在岛上过了多少天了,"罗杰说,"你看这根棍只够做14个记号的,那时,我希望能看到那条蒸汽船嘟嘟地驶进珍珠湖,天啊,那天,我们该多高兴。"

"现在该让你们知道一件事。"哈尔说,"我以前没告诉你们,是因为我们情绪很低落,我不想让你们觉得事情比想象的还糟,我们不得不忘了卡格斯,我们最好自己造个木筏。"

16 找到了食物

奥默和罗杰吃惊地看着他:"木筏!"罗杰抗议道:"有汽船要木筏做什么?"

"那条船再也不会回来了,"哈尔说,他接着告诉他们,他是怎样改写了航海日志,使卡格斯再也找不到这个岛的,"因此,我觉得我把事情弄糟了。"

"那还用说。"弟弟生气地说。

"不,不能这么说,"奥默和蔼地说,"你做得很对,这意味着卡格斯无法从这里偷走珍珠,你们挽救了教授的试验,或许这是很宝贵的财富。那是你对雇用你们的人负责,至于我们——我们一点儿也不重要,不论怎样,我们会走出这个岛的,幸运的是,这里有足够的树做木筏。"

"但我们不仅需要木材,"罗杰很实际地说,"没有钉子、螺钉、螺丝刀、绳子,我们怎能把木头弄到一起呢?你们忘了我们要为教授做的事了吗?我们得给他捡几个珍珠标本回去,让他好看看它们的生长情况。奥默是唯一能潜得那么深的人,我敢打赌,奥默腿上的枪伤使他再不能潜水了。"

"那么,我们来潜水。"哈尔说。

罗杰的脸沉下来:"18米!我们潜水从未超过9米,你疯了!"

哈尔笑笑,什么也没说,他理解弟弟,罗杰说不可能做什么事之后,往往是能将此事做成。

说完这番话,罗杰走了出去。一会儿,哈尔跟着出去了。没错,罗杰正在珍珠湖的小海湾里练潜水。

罗杰从水里出来,喘着气,当他能说话时,他说:"我只能下潜9米，我希望有一双铅做的靴子把我拉下去。"

"我可以去商店给你买来一双，但现在，你要用珊瑚石。"

"好的，就这么办。"

罗杰抓着一块比他的头大两倍的珊瑚石，钻进水中。起初，他下沉的速度很快，后来，渐渐慢了下来，最后，他到了海底。他将一块石头夹在腋下，用另一只手抓住牡蛎，然后，他扔掉石头，浮到水面上，将棕色的、大大的贝壳放在海边。

他在水下待的时间不超过20秒，水压对他的影响并不大。

"太棒了！"他喘过气来大声说，"但如果每次只能抓一个牡蛎，我就得干一年了。"

"如果我们能做个篮子……"

"用什么做呢？"

"我不知道。让我们问问奥默。"

奥默听了他们的话后，让他们出去在倒下的椰子树顶上看看，他说他们能在那里找到布，他们可以用布做个袋子。

"我想他在跟我们开玩笑。"罗杰说。

但他们真的发现了"布"。它像一张席子，是棕色纤维状的东西，坚固地缠在叶子底下。

兄弟俩用刀子很容易把它们一片一片地割下来，又用纤维丝连起来，做成了一个袋子。

"我们为什么不能用它做衬衣呢？"哈尔想。

罗杰的衬衣用来接露水了，哈尔的衬衣用来做绷带和止血带了。

他们做了衬衫，尽管不是最新款式，但可以用来遮阳了。白

16 找到了食物

色岩石反射的热带阳光对他们的皮肤损害已经很大。

"我想要一副墨镜。"罗杰说。

两个孩子的眼睛因为强光的刺激都充血了。哈尔也为此担心,漂泊在毫无遮阳处的孤岛上的人有时会成为瞎子。他很赞成弟弟的建议。

他们做了面罩,面罩能包住整个头并在脑后系住。透过纤维层,他们可以看到外面,效果跟透过粗布看东西一样,太阳光在很大程度上被遮住了。

"感觉好多了。"哈尔叹了口气。

"但希望我的样子不像你那么滑稽,"罗杰审视着戴着棕色面罩、穿着像破擦鞋布样衬衫的哥哥,大笑起来。没有剪刀进行修饰,他的脸周围和下巴上长满了黑黑的胡子。"你的样子活像黑胡子海盗。"

"我们去吓唬奥默。"

两个戴面罩的小土匪轻步走回小屋,悄悄进去,正在睡觉的奥默睁开眼,吓得惊叫了一声,然后,他认出这两个陌生客人。他很欣赏他们的衬衣、面罩和袋子。

"我想你们一定变成半个波利尼西亚人了,"他说,"你们相当好地利用了这里能找到的东西。"

两个孩子情绪高昂地回到珍珠园,奥默的称赞对他们来说意味着很高的评价。

"我只希望我们能成为具有良好素质的波利尼西亚人,能采些珍珠上来。"哈尔说。

但这并不太容易。哈尔脱了衣服,拿着袋子和一块石头,沉入水中。到水底后,他很快将牡蛎装满了袋子。当他想拿着袋子回升到水面上来时,他发现袋子太沉了。他只得把它们又扔掉,最后,勉强带回来三只。

"我们需要一条绳子,"他说,"我们得把它系在袋子上,沉入水底的人将袋子装满,在水上的人再将袋子拉上来。不过,我想在我们找到绳子前,最好先停止行动。"

"想一想,你是对的,"罗杰赞同地说,"我们也需要绳子做木筏,得把木头捆在一起,但这珊瑚石上哪里能找到绳子呢?"

那天,他们的大部分时间都用来找绳子了。奥默告诉他们,波利尼西亚人用椰壳做绳子,但他们只找到一只椰子,还不够编一小团绳子。

蔓生植物可用来做绳子,可是这类结实的藤不生长在珊瑚石上。

在去亚马孙河的途中,他们见到丛林中的印第安人用蟒皮和蛇皮做绳子,但这里没有蛇,大的小的都没有,有时,环礁湖中有海蛇,可在这片水域他们没有见到过。

然而,他们却找到了更为需要的食物。晚上,他们手里拿着一根"黄瓜",一棵"白菜"及一品脱"牛奶"回到营地。

"奥默会不会感到奇怪呢?"罗杰说,"谁曾想到在珊瑚礁上,我们能找到菜园和奶牛。"

奥默喝了些奶,心里充满喜悦。他知道"奶"来自椰子树,不是从椰子中来,而是从花茎中挤出来的,"白菜"是棕榈菜,椰树芽很像白菜或莴苣,但味道更鲜美。

"黄瓜"不长在菜园里,它是海黄瓜或称为海参,在中国人

16 找到了食物

的餐桌上，它备受推崇。

他们在湖中的珊瑚石上找到了它。它的形状像只巨大的黄瓜，外表光滑，有 30 厘米，但从水中拿起后，就缩成原来的一半了。

哈尔认出它能叮人的触角及能使人失明的毒素。他没有用手碰它，只有用刀尖挑，在他们寻找其他东西的同时，把它放在太阳下晒死、烤干。

带回营地后，在奥默的指导下，他们切开海参，取出 5 条长长的白色肌肉，在火上烧熟，他们做了一顿丰盛得令人难以置信的晚餐。

17

十臂巨怪

奇妙的晚餐使罗杰做了个噩梦，他蜷缩着身体，辗转翻滚，最后，惊醒了。

"海黄瓜，"他喊道，"我的眼睛，我瞎了，我什么也看不见了！"

"喂，别嚷了，快睡觉！"哈尔吼道。

但罗杰无法入睡，他爬出了小屋。当他发现自己并没瞎时，才放心。

周围残留的竖起的树桩，像黑色雕像。

星星告诉他已是凌晨3点钟了，南十字星反射在湖水中。

他沿着湖边在沙滩上漫步。努力使自己平静下来，内心仍很害怕。他走到大洋边上，海边平静，没有一丝涟漪，潮已退了。

他无聊地想知道网里抓到了什么，他走到网边，向里面张望。

这一望，可吃惊不小，有两只大眼睛正望着他。它们像晚餐用的盘子一样大。毫无疑问，没有一种生物有这么大的眼睛，一定是在做梦，而且肯定是个噩梦。

眼睛里发出鬼似的绿光，好像眼珠后面有两盏灯，像绿色的交通信号灯，甚至更大，它像在说："走开！"罗杰很想走开，可他的腿很虚弱，一步也动不了。

17 十臂巨怪

突然，池水晃动了，是被什么大家伙掀动的，两道圆圆的绿色光芒离罗杰越来越近。

他恐怖地大叫一声，仍然跑不起来，他被"粘"在了地上。

哈尔慌慌张张地跑到他身边，"你怎么回事？"又生气地说，"你为什么不让我们睡觉？"

然后，他也看见了罗杰见到的东西，和罗杰一样，他也不相信这是真的。

"它们看上去像眼睛，"他说，"可它们不可能是眼睛，哪儿有这么大的眼睛，它们肯定是某种罕见的发光浮游生物——漂在海面上的小生物。"

"你这个笨蛋！"罗杰吼道，"浮游生物不会沿圆周游动。它们就是眼睛，绝不是别的什么。天啊，它们看上去和下水道检修孔一样大。"说着，他的身体向后倾，好像怕摔在这两潭"绿池"之中。"小心！它过来了！"

那家伙向前移动了半米，迫使罗杰他们俩恐怖地向后退了几步，它的移动带动池中的水，产生了巨大振荡，巨大的黑色旋转物像只巨蛇升上天空，又落下来。

"一只大乌贼。"哈尔喊道，他走近一步，想仔细看看。突然，一只巨臂向他卷来，他向后跳了一步，及时躲开，但他和罗杰都被海水打湿了。

"它在拍打海水。"罗杰说。

"不，它在发射墨汁，我们身上都是那玩意儿。别把它弄进眼睛里去。"

他们躲开了乌贼的射程。

129

罗杰说:"难怪人们称它为墨鱼。"

"对,那还是上等墨呢,你可以用它写字,它很像印度墨,我记得有一位探险家用这种墨写了一页航海日志呢!"

"你看它乱扑腾,它会追我们吗?"

"我想它不会上岸的。"

"但它也不能逃入海中啊!"

"如果它知道怎样逃走,它就能轻而易举地办到。但它的头脑像它的身体一样笨重,我想它从未在这样的网中待过,它绝不知道该怎么办。"

"我希望我们能把它活着带回去,巴辛先生想要这么个家伙。"

"他可得不到这一只,我们只能希望回到我们的帆船以后再碰上这么一只,在亨伯特洋流一带有很多乌贼。"

"那是流向南美海岸再流到这些岛上的吧?"

"对,你还记得我们读过有关 6 名科学家在救生筏上的那本书吗?他们凭借亨伯特洋流从秘鲁漂到这些岛上。他们看到了不少乌贼。晚上,它们漂浮在海面上,白天则沉入海洋深处。"

两只巨大的绿眼时而发亮,时而昏暗,就像有人在眼后将电灯时开时关,罗杰不禁打了个寒战。

"天啊!难道它从未眨过眼?"他想起在岩洞中搏斗过的八脚巨怪,它的眼也充满邪恶,不过它很小,像人眼那么大,也不像乌贼,眼睛能发光,"现在我知道章鱼和乌贼的区别了,我以前一直弄不清楚。"

"它们的区别还不只在于眼睛的大小,章鱼的身体呈袋状,

17 十臂巨怪

乌贼则像鱼雷,它的样子像支巨大的钢笔,它的动作也像。它不是有8只触手,而是10只,其中两只特别长,触手上长的不是吸盘,而是锋利的刺,非常危险,它们甚至能切断电线。"

"你是不是有点故弄玄虚?"

"一点儿也没有,在一次美国博物馆自然史学家的探险中,他们用来做钓竿的轻钢丝缆就被乌贼咬断了。因此,我们得小心点儿,除非你是由比钢缆还硬的东西造成的。"

黎明时分,黑暗即逝,天空呈灰色,他们能更清楚地看到这只乌贼了,它占据了整个鱼池。事实上,鱼池已装不下它那强有力的臂膀,它们伸过珊瑚石,放在沙滩上。

它那鱼雷状的身体不断改变着颜色,从黑色到棕色,从棕色到黄褐色,从黄褐色到苍白色。

眼睛有30多厘米宽,看上去比夜间更为可怕,绿光退去了,取而代之的是死一般的黑色,像两个藏着一切恐怖的黑色岩洞。它们盯着哈尔和罗杰,充满了野蛮的愤怒。孩子们在无情的不眨眼的目光下觉得自己很渺小。

"太平洋的噩梦!"哈尔吸了口气,"真是名副其实。"

潮水还未完全退却,但已很低,鱼池中的海水所剩无几。乌贼在涨潮时能轻易逃生,退潮时,它并没有觉察到潜在的危险。现在,它被困在珊瑚石垒起的鱼池中了。

海水被乌贼喷的墨汁染成了墨色,它不时把自己的身体充满水,再如火箭般喷出。这一切都无济于事,只有用背撞"墙"才有点儿作用。

"看它的身体,"罗杰赞叹道,"它有6米长。再看那些触手,也有6米长。"

"和有的乌贼相比,它还算小的。人们找到过13米长的乌贼标本。另外,在一次科学探险中,人们幸运地看到了一只巨大的乌贼和一头抹香鲸之间的战争,乌贼赢了,它有23米长。"

"但是,"罗杰说,"这个平凡的、小小的、12米长的家伙对我们赚钱来说已经足够大了,我们用不上它真是太糟了,我想,涨潮时它就会逃走。"

"或许,我们能利用它,"哈尔叫道,"我们不是需要绳子吗?"

"绳子!乌贼身上哪来的绳子?"

"那些触手,我敢打赌,把那些触手切开当绳子用,会和皮子一样结实。"

罗杰不太相信。

"为什么不能呢?"哈尔继续说,"如果人们能用王蛇或蟒蛇皮,为什么不能用乌贼呢?马来西亚人用蚺蛇皮,它很耐用,他们用它盖在家具上,再运到伦敦的商店去卖,它几乎用不坏。这些触手的任何一只都能和蚺蛇皮或蟒蛇皮一样结实。"

"你说得也许有理,"罗杰承认,"可我不愿被一只触手缠住;而你也不能走过去取一只触手下来吧!它的骄傲会反对你的!"

太阳升起时,阳光激起巨怪的愤怒,它喜欢北冰洋和南极洲的冷水,它不在乎被亨伯特洋流从南极带到热带,因为这股洋流很冷。白天,它待在洋流底部的寒冷区域,太阳落山后,它会浮到海面上,当太阳再升起时,它又沉入海底,它极为憎恨阳光。

被阳光烤得难受的巨怪开始凶猛地拍水,它的触手拍着珊瑚石,锋利的刺在石头上划出深深的痕迹。

17 十臂巨怪

突然，猛地一用力，它向前飞跃了近 2 米，同时，伸出一只长长的触手，罗杰平安躲开了，哈尔想逃跑却被绊倒了。

顷刻间，巨怪的触手绕在他腰间，缠紧了。他感觉到触手上的刺穿透了棕榈布做的衬衣，扎进了肉里。

罗杰一边用珊瑚石抽打乌贼，一边叫道："奥默，奥默！"

乌贼用触手把哈尔拉向嘴边，鹰似的大嘴张开，露出一排牙齿，哈尔用尽全身力气抱住珊瑚石，但毫无用处，像蚺蛇皮一样有力的触手使他松了手，他又拉住其他石头，可都被拽开了。

奥默两手撑地，拖着受伤的腿，一跛一拐地走来。

"快点儿！奥默！"罗杰叫道。不知怎的，他深信这位波利尼西亚人知道怎么对付乌贼。罗杰不再扔石头了，他的举动一点儿也影响不了乌贼的触手，现在，他用双手拉着哥哥的脚，将自己横在一块大石头后边，死不放手。

两个男孩再加上块大石头仍不是乌贼的对手，它拖着他们俩，也拖着石头。现在，哈尔离那张开的嘴只有半米远了。

"小心！"哈尔喊道，另一只触手朝罗杰袭来，罗杰一转身，躲开了。

奥默终于赶到了。他捡起一块大石头，然后，站起身，将重心放在那条好腿上，把石头扔了出去。长期的训练使他扔石头如同抛矛、拉弓和放箭一样准确，虽然由于枪伤，他身体很虚弱，但当最需要时，他的身体增添了新的力量。

石头打中巨怪的嘴，又紧紧卡在嘴里，使它无法吐出来。

由于满嘴都是石头，巨怪不得不放弃将遗弃在岛上的人当成一顿美餐的想法，但它仍在用触手惩罚哈尔。

17 十臂巨怪

"快点儿!帮我搬起这根圆木。"奥默喊道。罗杰抛开哈尔的脚,帮奥默抬起一根椰木。

"现在,朝它的两眼中间撞!"

他们抬着木头,向前跑,奥默忘了腿上的剧痛,用木头的一端朝巨怪的脑袋击去。

乌贼的触手痉挛地伸向天空,触手松开了,哈尔被抛到3米高的空中,又被摔在珊瑚石上。

10只触手萎缩着、抽动着,像临近死亡的蛇。然后,它静静地躺在地上,失去了活力。

罗杰和奥默转身帮助哈尔,他已站起来了。但站不稳,他躺过的珊瑚石上沾有斑斑血迹,身体上也有伤口在流血。

"我没事儿,"他说,"我只是划伤了,来,罗杰,我们帮奥默一把。"

他们各自支撑着奥默的一只胳膊,像一副拐杖,将奥默架回小屋。在那里,这位波利尼西亚人疼得瘫倒在地上。那天,他一直很疼。

哈尔和罗杰回到已死的巨怪那里。奥默扔的那块石头仍在它嘴里,哈尔看到那条缠着他身体的像蛇一样的触手,不由得颤抖了一下。他仍被刚才的惊吓和恐怖搞得头晕脑涨。

"很遗憾,我们不得不把它杀死。"他说,他有着自然学家对杀生的厌恶。

"不是它死就是你亡,"罗杰提醒他,"另外,我们要想活着走出这个岛,就需要它做绳子。"

"没错儿,我们得趁涨潮前快点干,否则,潮水上来会把它带进海中的。"

乌贼皮的确很厚，他们用了好几个小时才将10只触手整理好，放在太阳下晒干。

"明天我们就把它们割成条。"哈尔说。

涨潮了。潮水拖动着乌贼的身体。"跟这尸体告别吧，"罗杰说，"或者你想用它做晚餐？"

"我不想吃它，东方人吃小乌贼，认为很鲜，我可不喜欢这条祖母辈的乌贼，但在海水把它带走之前，我们还需要它身上的一样东西。"

他用一块珊瑚石敲打着剪子般锋利的嘴，敲下来一半，它很像斧子头。他又从椰树干上折下一个树枝，最后，用从触手上割下的一条"绳子"，将"斧子头"捆在树枝上。

"或许不太好看，"他说着，晃了晃做成的斧头，"但当我们造木筏时就用得上了。"

18 找到了教授的珍珠

第二天,他们刮掉大乌贼触手上的肉,将触手割成细条,很快,阳光就将这些细条晒干了。

"我们要不要将它们鞣软?"罗杰问。

"如果我们想让这绳子用上几年,我们就要把它鞣好。现在,我们另有其他目的,只需耐用一两个星期就可以了。"

"用乌贼触手做绳子,真滑稽。"

"为什么?人们还用其他奇怪的动物呢,像袋鼠、水牛、鸵鸟、鹿、蜥蜴、鳄鱼、鲨鱼、海豹以及海象。"

他们从一条6米长的触手上割下4条皮子,连接在一起,做成一条能够延伸到海底的绳子。他们又把棕榈布袋系在绳子上,准备潜水了。

"让我先下。"罗杰说。

他的一只胳膊下夹着珊瑚石,另一只手拿着袋子跳进湖中,水面上溅起浪花,哈尔看到弟弟沉入海底时晃动的身影。

罗杰很难将脚控制在身体下方,不断向上浮,他用脚夹住了一块石头才解决了问题,这样,他的头才在脚的上方。

他的身体承受着巨大的压力,他觉得自己好像被一个巨人拥抱着,他能做到的只是防止肺里的气体爆炸。

他开始捡起牡蛎放入袋中,牡蛎壳很粗,有的还有刺,他很后悔没有戴上奥默的手套,他的手上被划出一道道血印,如果鲨鱼嗅到这血腥味儿……但在环礁湖中是不可能有鲨鱼的,不管怎样,他不希望有。

15只牡蛎才装满一袋,他坚持把袋子装满。在这可怕的压力下他待了多久?好像有半个小时了。

他将装满牡蛎的袋子留在湖底,自己先回到水面。他大口喘着粗气,身体痛苦地抽搐着。他的脸疼得变了形,手臂和脸上的血管涨出了皮肤。他像得了瘟疫似的在阳光下哆嗦着,他觉得又冷又虚弱。

哈尔着急地责备他。

"你在下面待的时间太长了,你待了两分钟,就连波利尼西亚人也待不了三分钟。"

罗杰努力使自己坐直,"我没事儿,"他迷迷糊糊地说,"把袋子拉上来,看看里面有什么。"

哈尔拉着绳子,将袋子提出水面,在袋子即将出水时,他用另一只手托住袋底,以防袋子被压破了。他将袋中牡蛎倒在沙滩上,15只巨大的贝壳像15只黑色的乌龟展现在他们面前。

他们等不及了,打开了一个又一个,寻找着珍珠,可一个也没找到。

罗杰不高兴地盯着海底。

"别跟我说还得下去一次。"

"恐怕得下去很多次,现在,轮到我了。"

"戴上手套,"罗杰看着自己发红的手,劝哈尔,"以免你的手被划破。"

18 找到了教授的珍珠

哈尔戴上手套，夹着珊瑚石和袋子，潜入海底，他没有花时间使自己的脚朝下竖直站着，而是展成扇子般漂浮着，同时，迅速将袋子装满。

然后，他回到水面，尽量放慢上升的速度，可当罗杰将他拉出水面后，他也疲惫不堪地躺在珊瑚石上。鲜血从耳朵、鼻子、嘴里流出，他大口大口地呼吸着新鲜空气，胸部一起一伏像个风箱。

"恐怕，我不是两栖动物。"他喘着气说。

罗杰将袋子拉上来，他们焦急地打开贝壳。

他们轮流操作，罗杰打开第一只贝壳，哈尔打开第二只……一连打开12只贝壳，都是空的。下一个又轮到罗杰了。

"13，"他嘟囔着，"这可是个不吉利的数字。"他将刀子刺入贝壳中，一转，贝壳"嘴"张开了。他的手伸进去，摸索着。

他摸着摸着停下手，看着哈尔，眼睛睁得滚圆，嘴张着，呼吸变得急促。

"天啊！我想这里一定有。"

他用手指将珍珠取出，有一阵子，谁也没说话。他们坐在那儿，看着珍珠，惊呆了。

然后，哈尔悄声说："它怎么这么大！"

它的确很大，是孩子们见过的最大的珍珠。它很圆，看上去是白色，换个位置再看，它的乳白色中反射着天空和湖水的所有颜色。它好像有生命。

罗杰把它放入哈尔手中，哈尔很奇怪，原来它很重，这证明了是颗上等珍珠。他慢慢地在手上转着这颗珍珠，那上面没有一点儿瑕疵，它太不真实了，充满了太多的神秘的光，好像它是太阳或是周围景物的一部分。

当他用另一只手遮住阳光，那颗珍珠仍然发光，不过，那更似日光罢了。

罗杰脸上充满迷惑的表情，他低声地说："天啊！看教授见了它会怎么说。"

"我想他会认为他的实验成功了！"

"成功？怎么才能让他看到呢？这里离教授太远了。假如我们把它丢了，或是它被人偷了；假如我们回到旁内浦，如果我们能回到那儿，卡格斯监视着我们，怎么办？……"

"别担心！"哈尔笑了，但很明显，他也感到了突然而来的责任，"这就是手中有宝的麻烦，"他说，"一旦你有了宝贝，你就不得不考虑怎么才能保存好它，我们拿去给奥默看。"

在黑暗的小屋里，珍珠仍然光彩夺目，就像它自身是一团火。哈尔把它放到奥默眼前，奥默轻声赞叹着。

"这是我见过的最好的珍珠，"他说，"在这片水域中，从未找到过这么大的珍珠。毫无疑问，教授证明了波斯湾牡蛎可以在太平洋安家。递给我那杯水。"

他将珍珠扔进装满水的椰壳中，珍珠迅速地沉入水底，"这证明它的重量是无与伦比的。"

"帮我们保存它吧，"哈尔说，"我一想到可能会丢了它就怕得要死，放在你那儿会安全些，你保管它吧。"

"那可不行，"奥默说，"它会使我睡不着觉的，我想，你该负责到底。"

18 找到了教授的珍珠

哈尔不情愿地接过珍珠,用棕榈纤维将它包起来,以增加它的体积,不至于掉了注意不到。他把它放入衣袋中,觉得自己好像立刻紧张了起来。现在,无论是白天还是黑夜,他都要小心地保管它。

"好吧,"他叹了口气,"我们还得继续工作,教授不能根据一颗珍珠就做出结论。"

天黑前,他们又找出两颗珍珠,第二颗稍小,第三颗最大。奥默称这三颗珍珠是"令人感到舒服的吉星"。

"我要说一点儿也不舒服,"哈尔说,"我知道,在我把它们交给斯图文森教授之前,我是不会舒服的。"

那天夜里,在不安的睡眠中,他梦见木筏翻了,沉入了海底,鲨鱼扯下了他的上衣。后来,他看清了,鲨鱼就是卡格斯,他的脸上露出了阴险的笑容,手中拿着3颗珍珠。

醒来时,浑身都是汗,他摸摸口袋,宝贝还在。

19 木筏

木筏是在伸向湖面的倾斜沙滩上建造的。

罗杰不假思索地开始拉木头,但哈尔很谨慎,他养成了做事前先思考的习惯。他料想到木筏造好后会很沉,他们无法把它搬入水中。

他把一根木头放在岸边,又将另一根放得离岸稍远些,与前一根平行放好,这些不是用来做木筏的,而是用来作滑轮的。木筏将建在这两根木头上,造好后,就可以轻而易举地推入湖中了。

7根长五六米的木头一根挨一根地放在滑轮上,最长的一根放在中间当船头,太长的木头要锯成适当的长度,如果没有用乌贼嘴做的斧头,这项工作是无法进行的。

他们用乌贼皮当绳子,将7根木头捆在一起。

孩子们退后几步,审视着他们的工作。

"它开始有船的形状了,"哈尔说,"但我们还得造个遮阳的舱,还该有个帆。"

罗杰看着周围的珊瑚石,凄楚地笑笑,"哪个也造不成,"接着又说,"等一下,能不能用我们的房顶?"他看着小屋,"我们可以用它做舱顶。"

"也可以当帆用。"哈尔兴奋地说。然后,他的脸又沉下来,

19 木筏

"用什么做桅杆呢?椰树干太粗了。"

解决这个问题,意味着更艰苦的劳动。他们用把珊瑚石揳进木头中的方法,将木头劈开,劈开一半后,再劈一次,做成一块5米长、10厘米厚的木板,再用刀将它削成圆形。

桅杆很粗糙,也不直,任何船厂都会因造出这样的船桅而名声扫地的,孩子们却觉得自己很了不起。

他们又削又砍,又在船首打了个洞,然后,将桅杆插进洞中。

舱顶和帆要等他们不再用小屋子时再做。

造木筏用去3天中的大部分时间,为航行收集必需品又用去了几天的时间。

最重要的必需品是水。他们必须立即储备,否则就找不到淡水了,因为海底中的淡水在逐渐减少。每天,他们都几次到海底取水,每次取回一满椰壳,每次他们都感到水势在减弱,水越来越咸。

哈尔和奥默商量着。

"我们在木筏上怎样储存淡水呢?一椰壳水是没有用的,我们也找不到更多的椰壳了。"

奥默双眉紧锁:"这是个很棘手的问题,原来我们的岛上有山羊,我们可以用山羊皮做袋子。或许,如果你们能捕到一只海豚,就可以利用它的皮。"

"但我们不能守株待兔,在淡水完全消失前,我们必须将它储备起来。"

奥默继续削木头,他的手很巧,他用椰树干为自己削了一副拐杖；现在，又用从椰树干上削下的薄板，造木筏上用的桨。

他看着面前已经完工的桨："我们所有的东西几乎都是用椰树造的，它给我们食物、房子和衣服，我想你们用其中的一部分也可制作水桶，但这是个苦差事，你们必须把木头削空。"

"等会儿，"哈尔喊道，"用已经空了的东西行不行？"

奥默不解地看着他。

"在另一个岛上，"哈尔接着说，"我们发现了一丛竹林，当然，它们全被飓风刮倒了，但——"

"就用它了，砍大约2米长的。"

砍完竹子后，新的问题又出现了。

3根竹子被砍了下来，每根直径有1.5厘米，它们中间是空的，但不完全空。

竹节之间是堵住的。

怎样才能把竹子弄通呢？刀子只够得着第一处竹节。

剑鱼救了他们，它是两天前落入网中的，鲜美的鱼肉被做成了很多顿可口的食物。

是罗杰想起了用剑鱼来救急。他跑到海边渔网附近扔剑鱼刺的地方。

他将一块和自己体重差不多的大珊瑚石砸在剑鱼刺上，使剑脱离了刺，剑有1米长，尖部很锋利。他在剑尾绑上一根木棍，增加了它的长度。

现在，他有了一把利剑。他知道这把剑可以刺穿比竹节硬得多的东西。剑鱼以用剑刺穿结实的船壳而闻名，传说在巴老礁的一条剑鱼不仅刺穿了摩托艇的船壳，还刺穿了一艘铁制的油

19 木筏

罐船。

哈尔看着聪明的弟弟,很高兴。他们俩将剑伸进一根竹子内部,把竹节一一刺穿,只留下最后一个做底。

把3根竹子一一这样处理后,再放到海滩上暗泉的上方。他们轮流下海取回淡水,装入竹子内,一直忙了一天。当竹管装满后,他们用椰木做塞,将口封好,放在木筏上木头与木头间的凹陷处,再系好。

"现在,不论发生什么事,我们都不会口渴了。"哈尔高兴地说。

削下来的竹节也成了很有用的副产品,竹子根部长出了竹笋。显然,暴风雨到来时,它们就开始生长了。奥默说这一点儿也不奇怪,因为竹子长得很快,有时,一天能长高30厘米,竹笋成了饥饿的人们必不可少的蔬菜。

竹子也给他们带来了糖,竹节的白色固体中含一种甜汁,奥默称它为印度蜜,它几乎和太妃糖一样,成了可口的甜食。

"想想,居然在荒岛上发现了糖。"罗杰嘴里嚼着竹节说。

竹子还使他们有了做饭锅,取一节竹子就行,不用怕竹子会被烧焦,把水烧开是不成问题的。

又准备一根竹子储藏食物。

他们把鱼切成条在太阳下晒干。应该在鱼上撒些盐,但直到奥默告诉他们岛上的人怎样制盐前,他们一直毫无办法。原来很简单,把海水放在有坑的岩石里,让水蒸发,石头上便沾有一层盐。

至于从牡蛎床中取回的牡蛎肉,他们也尽量吃完,但还是留下一点儿储存起来备用。最后，将剩下的几个牡蛎和咸鱼条一起储入了竹子中。

放进竹子的还有被东方人推崇的一种干海藻，罗杰对此并不感兴趣。

"我觉得它很像菠菜，"他说，"可是不如菠菜好吃。"

有几只鸟飞回小岛上，其中有被人称为营家鸟的滑稽动物，它像运货飞机般懒洋洋地飞翔着；在岩石上行走时，是摇摇晃晃的，显然，它还未学会害怕人类。当奥默拿着两块石头敲打时，它竟跑了过来。不知出于一种什么莫名其妙的原因，敲石的声音对这种滑稽鸟有不可抗拒的诱惑力。

奥默轻而易举地抓住了它，把它洗净做熟，然后，放入储藏食物的竹筒中。

含有大量卵的海胆也被储藏起来，卵是可食的，但人们必须小心不把它的脊柱刺破，因为海胆脊柱里的东西和眼镜蛇一样含有毒液。

一天晚上，罗杰被海滩上的一种声音吵醒。他爬出小屋，看到一只圆圆的、黑乎乎的家伙朝水边爬去。啊！是海龟，足足含有200磅鲜肉！或许是来到沙滩上下蛋的，这正是罗杰听到的声音。

他不能让海龟逃进海水中。他追它，扑在它背上，可它并不在意地继续向前爬，罗杰用脚伸入沙滩想抵住它，但也不起作用。

他跳到海龟后面，抓住龟壳的一侧，想将这大家伙掀翻，但它太沉了，他翻不动。于是，他想叫别人来帮忙。

19 木筏

哈尔和奥默还没有睁开眼,海龟已经逃入湖中了。

罗杰仍不想放过它,他纵身骑在龟壳上,就像骑在马背上一样。虽然,他从未骑过海龟,但他了解那些波利尼西亚孩子是如何骑海龟的。

他抓住龟脖子的后面、龟壳的前部,然后,他重心向后,把海龟向上拉。

这使海龟不能沉入海底,只能游在海面上。

但它直接向海里游去,罗杰思考着进一步的对策。对了,他应该抓住海龟的一条后腿。

他用一只手向后摸索,抓住了海龟的一条右腿,紧紧抓着它,使它不能划水。

这样,海龟只能用其他三条腿向右沿圆周运动,直到它的头转向沙滩,罗杰才松手。

他隐约看到在沙滩上的哈尔和奥默。

"我带回了香肠。"罗杰喊道。

海龟也有办法,它开始左右转向,罗杰不得不时而抓住它的右腿,时而又抓住它的左腿,使它的头始终朝向沙滩。一会儿忘了抓住龟壳前部,这家伙迅速下沉,在罗杰想办法把海龟拖回时,海龟已把他带入了水下1米深的地方。

哈尔和奥默帮他将海龟推上岸。大海龟张开嘴乱咬着,差点儿咬住哈尔的腿。

"我们马上就会让它停止乱咬的。"哈尔说着掏出刀子。

海龟威胁般地抬起头,它坚韧的皮肤和成年的长相看上去像个愤怒的老人。

19 木筏

"别杀海龟爷爷!"罗杰喊道,"我有个更好的主意,我们把它带到木筏上,让它活着,那样当我们需要食物时,我们就有新鲜的了。"

"好主意!"奥默一边用棍挖着沙土一边说,"但它是海龟奶奶,不是爷爷,这儿是它下的蛋。"

在一个30厘米深的坑里,海龟下了100多个蛋。

罗杰捡起一只蛋,感到很奇怪。他发现蛋壳不像鸡蛋壳那么脆,而是软的。

"我们怎么吃龟蛋呢?"

"你在蛋壳上咬个口,把里面的汁挤入嘴中,很好吃的,我们把它们煮了,带上吧!"

龟奶奶被拴在树桩上,孩子们走回小屋。黎明时分,他们醒了。

他们认为已找到了足够的食物,今天,他们就要开始冒险航行了。

他们将做屋顶的鲨鱼皮取下,割成两块,每一块都有3米长、2米宽,一块用来做帆,另一块做船顶。

一根圆木拴在帆上缘,然后,用乌贼皮做的升降绳将它升到主桅杆上,鲨鱼皮帆下边两个角各系在绳子上,这样,它就被脚索扣住了。

舱很简单,三块破开的竹片弯起来做架子,竹片两端固定在甲板上,在架子上铺上鲨鱼皮,鱼皮两端落在甲板上,也紧紧地扣在圆木上。

结果,舱很像半个桶,只是它不是木制的,而是用鲨鱼皮做的。

"它很像我们在亚马孙时在船上用过的舱。"罗杰说。

的确像,只是这个舱略矮了一些,也并不大舒服,但对适应太平洋上的风暴却有优势。它有1米高、1米半宽,从前至后,有2米多,躺在里面,躲避赤道上炽热的太阳已经足够大的了。它的前后都可以打开,从船尾可以径直看到船首。

海龟蛋煮好后,收起来,龟奶奶趴在木筏上,被拴在桅杆旁。

现在,他们准备出发了,却开始感到离开待了两个星期的被他们视为家的地方有些遗憾。

他们不需要别人告诉他们在海洋中乘木筏航行的危险。他们全靠海风和海浪的帮忙,他们想试着南行,但很有可能被冲向北、东或西,他们的桨和粗糙的帆与风力和洋流相比,真是微不足道的。

准备出发时,他们试着用喊叫和歌唱掩饰心中的恐惧。

"让我来为它举行首航仪式。"罗杰喊道。没有香槟酒,他将一只海龟蛋在船首木头上摔碎,然后宣布,"我命名你为好船'希望号'。"

然后,3个人将木筏推入湖中,开始了航行。

木筏穿过珍珠湾,哈尔和奥默仔细研究着它的性能。

"它浮得很高,也不进水。"奥默说。

"它航行得也不错,"哈尔说。因为船头是尖的,椰木又直又平滑,木筏没有来回摇晃的趋势,"怎么用舵指挥它呢?"

在船尾的奥默将身体重心压在桨叶上,小船慢慢地向右转。

19 木筏

"真是个不错的木筏。"

起风了,哈尔调整着长方形鲨鱼皮帆,以利用风势。

但要穿过连接大洋和环礁湖的水道,就必须顶风而行。为了省去在短时间内降帆和升帆的麻烦,罗杰将帆转了90度角,使它侧对着风。

然后,孩子们拿起桨,实际上划桨是件苦差事。哈尔估计到尽管有风,但退潮仍能帮他们离开环礁湖。

15分钟后,他们来到了宽阔的大洋中,"希望号"随着洋流一起一伏地奔向远方。

20 水上龙卷风

最初两天的航行很平静,以致船上的 3 个人几乎忘了航行开始时的忧虑。

风从东北部吹来,他们缓缓地向南驶去,这样继续下去,将能到达旁内浦;如果错过旁内浦,至少能通过马歇尔群岛到库赛、旁内浦、特克和椰浦的海道上,那样,他们就能遇到大船,从而得救。

白天,太阳是他们的指南针;夜晚,星星为他们指路。他们大致将 24 小时分割成 12 份,轮番工作,每个人每次在舵旁不超过两小时。虽然他们没有精密计时表,但他们能根据太阳或星星的位置计算时间。

水从圆木的缝隙里透上来,使他们的脚下一直是潮湿的,他们感到很凉爽和愉快。当太阳升起时,他们就得躺进鲨鱼皮做的舱里去乘凉。

放在圆木间存放淡水的竹子筒,不时被溅上来的海水降温。哈尔有点儿着急,因为他们的食品消耗得很快,他希望能捉些鱼来充饥。

五颜六色的海豚在船边嬉戏,它们的身体通常是蓝绿色,鳍是金黄色,但它们能像变色龙一样改变自身的颜色。有时,它们像抛光的铜一样闪亮。有一只跳到了船上,而它死了之后,身体

20 水上龙卷风

上失去了漂亮的颜色，变成了略带黑色的银灰色。

第三天，一条大鲸盯上了"希望号"，它朝木筏游来，每次，它巨大的头露出水面时，都会喷出水柱。最奇怪的是听到它沉重的呼吸声，因为呼吸对鲸来说已不是什么时髦的事情，只是对木筏上的人来说才是必要的。当人们想象一只20米长的怪物将对这几根木头采取什么行动时，他们几乎停止了呼吸。

"只要它用尾巴拍一下，"罗杰焦虑地说，"我们就得落入水中。"

鲸绕着木筏转了两圈，然后，潜入海中，尾巴上卷着大量的水，伸向空中6米高的地方，水像暴雨般落到船上3个人的身上。

鲸尾落入水中，猛地一转，掀起一层浪，又打在整个木筏上，3个人都湿透了。

"通知排水工！"罗杰站在齐膝深的水中大喊。

比起小船来，木筏有一个优点，水顺着圆木径直流回到海里。

鲸游到木筏下面，又从另一侧钻出来，它离木筏太近了，又掀起一个浪花，压在木筏上，鲸的侧面撞在右舷上，顷刻间，"希望号"似乎要变成烧火用的碎柴火。

鲸好像从恐吓到它领地来的人们那里得到了满足，它深入海底，毫无踪迹了。

边缘被打到的圆木松劲了，眼看着要漂走，孩子们及时抓住它，把它拴紧。

早晨，风停了，沉重的鲨鱼皮帆无力地摇打着桅杆，海面像油一样平滑，没有风，太阳好像比平时要热上10倍。

奥默环视四周,"我不喜欢这种天气,"他说,"突如其来的平静意味着要有麻烦。"

天空没有云彩,只能看到东边有一个黑色柱状物。

顷刻间,北边较远的地方也出现了一个黑色柱子。

"水上龙卷风,"奥默说,"太平洋这片水域的龙卷风比世界其他地方都频繁。"

"它们危险吗?"

"有的危险,有的不危险,那两个就不危险,它们像你们已目睹过的陆地上的旋风,它们将纸和树叶带到几百英尺高的空中,'尘鬼',你们这样称呼它们,但……"他忧虑地看着海平面,"那些小黑柱常常预示着大家伙的来临,大家伙常常像飓风。事实上,这就是飓风,海上飓风。"

"陆地上的飓风可以把房子吹跑。"哈尔说。

"的确,"奥默答道,"恐怕你很快就会看到海上飓风的威力了。"他抬头看着天空中的东北角方向。

其他两人也随着他看。

他们眼前形成一朵云,它好像在距地面 1000 米高的天空上,迅速变黑,凶猛地摆动着,像个怪物,拖着一条长长的尾巴。

哈尔想,难怪波利尼西亚人称之为天兽,并对此有很多迷信传说。

人们可能猜想到的绿色光是黑暗中闪烁着的眼睛。

"它不会比我们经历的飓风更厉害吧!"罗杰说。

"很可能更厉害,"奥默答道,"当然,它不会持续那么久,飓风可以横跨 100 千米,但水龙卷不会超过 1000 米。它力量很

20 水上龙卷风

大,但不会影响很远的地方,我什么时候都更情愿飓风的到来。"

哈尔很想采取什么行动:"我们能离开这儿吗?我们只能坐以待毙吗?"他把桨伸进水中。

"你最好还是省点儿力气,"奥默说,"你根本分析不出水龙卷的方向,或许你会划入风口里,我们能做的就是等在这里,希望事情不会太糟。"

那怪物的尾巴每一刻都在变长,现在它看上去像章鱼的触手,又长又黑,在海面上舞动着。

空气令人窒息的平静,没有一丝风,但云端传来一阵喧嚣,伴随着猛冲的声音,就像你涉水走向瀑布一样。

现在触手下的海面波动了,光滑的海平面形成了尖锥状,水柱不断喷射,像疯狂舞蹈着的妖精。

旋转加速了。大量的海水形成疯狂的旋涡被呼啸着的风向前推起。

但是木筏周围仍然风平浪静。

哈尔知道,陆地飓风也是如此,它可以刮跑一间房子,而距它3米的另一房间却丝毫不受干扰;他曾听说飓风掀起了前院屋顶,而后院黄油搅拌机上的盖子却纹丝未动。

"希望我们能免遭此难。"他说。

"希望如此,"但奥默的声音不那么肯定。

"我们要不要降帆?"

"如果它想要帆,不论升着还是降下都会把它带走。"

知道自己的命运完全掌握在水龙卷手中是很痛苦的,你无能为力。

20 水上龙卷风

旋转的海水现在成了巨大的旋流,但中心不是一个洞,而是一座小山,海水向上涌着,越爬越高,好像是从上面长出的。现在它升得比木筏桅杆还高,形成圆锥形。

最奇怪的是圆锥形变小的过程,不是水落入海中,而是变成雾气,升向天空。

云的触手越来越低,海的手臂越来越长,它们碰在一起,发出"咝咝"的响声。

现在,形成了值得一看的东西:旋转的水柱有 1000 米高,顶部融于黑色云彩中,底部融于旋转的海水中。旋转的海水十分可怕,它像疯狂的野马伴着呼啸的风声旋转着,遍及越来越大的海面。现在,风暴圈已经有 600 米宽了。

圈内的海浪不断上涌,又碰到一起撞碎,好像决意要将其他浪的"脑浆"打出来。

"我敢打赌,风速有每小时 360 千米。"哈尔说道。但风的呼叫声和水声太大,谁也听不到他在说什么。

高傲的水柱开始倾斜,好像顶部有人推了它一下似的。哈尔看到水柱向木筏的相反方向倒去,才松了一口气。水柱上端的风带着黑色云彩朝远处飞去,"希望号"幸免于难。

但水柱像多变的巨人一样喜欢捉弄人。倾斜的水柱改变了方向,先是向一个方向,随后又转了一个方向,旋转着,扭动着,好似挂在天柱上的一条大蟒。

平静的阳光下自由飞翔的海鸥突然被旋风抓住,抛向上空,不断旋转,它的翅膀无用地拍打着,直到被天空的云彩吞没。

是什么力量导致一切东西都上升呢?即使在生与死的紧张关

头,哈尔的脑子仍然询问着,并设法找到答案。

上升的气流在天空形成低气压区,它旋转着,和飓风旋转的原因一样,也和普通的风旋转的原因相同,这个原因就是地球的自转。这一旋转的离心力使中心成为真空,海水被吸了上来。陆地上飓风绕着房子旋转,真空使墙裂开,因为屋内空气的压力比屋外大得多。同样,飓风来时,瓶塞会自动从瓶口弹出。他突然想到,如果飓风向他们袭来,竹管口的塞子也会跳出,他们将没有淡水喝。

但他已没有时间想这个问题了,也更来不及采取什么措施。突然,风的一只巨臂向舱顶下部袭来,将舱顶掀起刮走了。孩子们平躺在甲板上,双手紧抱着木筏。

接着,帆被刮跑了,飘在旋转的风中。它像个奇怪的东西,先是被抛上30多米的高空,然后,又被甩出落入海中。

太阳落山了,空气中充满了水汽。奥默叫喊着,可谁也听不到他在喊什么。一声震耳欲聋的咆哮,如果不是一定要用双手抱着木头,罗杰会用手掌捂住耳朵的。

现在,木筏落入旋转中心。涌起的浪将大量的水泼洒在木筏及它上面的乘客身上,"希望号"不断被水吞没,然后,它又从令人窒息的泡沫中浮出水面,孩子们紧抱木筏,好像骑在发狂的野马背上一样。

海龟第一个离开木筏,一个浪打来,给它松了绑,它被抛向空中大约有10米,像个旋转的盖子,很快又被另一个浪吞没了。

哈尔像看商店的橱窗一样看着,他看到龟奶奶翘起尾巴,直游向海底的安全地带。

20 水上龙卷风

他决定,如果木筏坏了,他就要学海龟了。人可能比不上聪明的老海龟。

水龙卷中心形成的水山时而逼近他们,时而又远离他们,使木筏上的人在希望和绝望中摇摆着。

孩子们现在看不清东西,他们的眼睛被风刮得睁不开。

虽然,空气从他们的面前飞驰而过,他们仍觉得呼吸困难。你不敢迎着风——它会像充气球一样顺着你的鼻子和喉咙进入体内。如果你转过头,你就将置于真空之中,无法呼吸。你必须将脸埋在圆木中间,或者用手捂着嘴和鼻子,以减缓空气的流动,吸一口气。

正当你想办法呼吸时,却又被成吨的水淹没了,有时,你好像觉得永远也出不了水面了。

一次,当被浪吞没的小船再度浮出时,哈尔看到旋转的水山正向他们压来,它像运动中的火山,从山顶上升起的黑柱则像烟雾,整个黑柱向他们倾倒过来,柱顶错过木筏时,哈尔觉得它像一棵大树,比加利福尼亚最高大的红杉树还高10倍。

当旋转的水山接近他们时,风转了向。现在,"希望号"到了水龙卷的中心地带。

在陆地上遇到这种情况,完全可以抓住屋顶或是沉重的材料,可现在,风会不会将木筏及其上面所有的人和东西一起带到空中,就像《一千零一夜》中坐着魔毯上天的乘客呢?

最可能发生的事是木筏将被折断,猛烈摇晃的木头将把他们拍死。

哈尔把嘴对着罗杰的耳朵。

"潜入海中。"他喊道。

上升气流已经包围了他们。用椰树布做的衬衫被卷入云端。

如果水山不向他们袭来，离心力就会将小船甩向一边，哈尔希望如此。如果信仰能使山移动，那么信仰也该能使小山停止移动。

但天上的风神决定着水山移动的方向。它们恶作剧般地压在了木筏上。

突然，绝望的"希望号"面前出现一道绿色海水组成的"坚固"的绿墙，在木筏上方，哈尔惊恐地看到了一条鲨鱼，它在那儿像草盆子里存放的一个标本。

此时，木筏被推向水山顶，飓风控制的翻滚着的海水将木筏拍断了。

再过一会儿，那些飞舞在空中的木头就会向他们砸来。哈尔知道，奥默懂得该怎么做。但奥默仍抱着一根木头，关切地看着罗杰，当他看到两个人都潜入水中后，他便丢开了圆木也采取了同样的行动。

他们很难潜入海中，上升的水流推着他们旋转上升，把他们推向海面。如果在海面上，水龙卷将像蝴蝶吮花汁似的将他们吸向空中。哈尔用尽全身力气划水，后来，上升气流的推力不那么强了，他能自如地游了。

他躲在混乱世界的下面，只要他径直游，沿哪个方向都无所谓，因为任何一个方向都能使他游到旋转的边缘。

海里的平静令人舒服。经历了恐怖的大海的喧嚣后，他现在几乎能边游泳边休息了。在距海面 5 米深的地方，他们能感到某

20 水上龙卷风

种洋流,但他知道这种洋流是离心的,可以把他从水龙卷中心带出去。水龙卷不像其他旋涡,会把他带出旋涡,而不是卷入到里面。

当身体里缺少氧气时,他又升到海面上呼吸。他发现仍在旋涡的中心,便潜入海中继续游;当他再次露出海面时,他发现自己已在飓风干扰不到的海面了,周围只有细碎的浪花。

黑柱倾斜得更厉害了,整个水柱向西南方向运动,旋转喧嚣的海浪和水柱溜走了,风停止了呼啸。

周围的空气恢复到了飓风来到前的平静,浪也越来越小了。

直到这时,哈尔才又想起那条鲨鱼,他不知道鲨鱼是否也被这场面吓坏了。现在,风暴过去了,鲨鱼会不会对他和他的同伴们产生兴趣呢?

他看到30米外的海面上露出一个棕色脑袋。

"喂,奥默,你在哪儿?"他叫道,"怎么样?"

"很高兴你没事儿,哈尔,"奥默喊道,"你看到罗杰了吗?"

他们沿圆周向两个不同方向游,哈尔猜想着,弟弟是否能挺得住,这孩子会不会被吓傻了,不知道怎么游泳了?他会不会头露出水面时被落下的木头击中了?

他的着急多余了。罗杰这孩子不仅平安,而且正忙碌着什么。罗杰发现了两根木头,并把它们拖到一起,现在,他正用木头上挂着的一段乌贼皮绳把两根木头拴在一起。

"干得好!"哈尔喊道,"我去看看是否再能找到几根木头。"

奥默也开始了寻找,他们沿圆周在木筏被打断的地方来回寻找着,到他们可能去的海域上都找了,但一根木头也未找到。

161

一阵雷声,刚才水柱上方的乌云中出现了几道闪电,又是一阵雷声。

接着,连接海天的黑柱从中间断开。下面一部分塌入海中,掀起巨浪,上面的一部分卷入云端。

似乎炸弹在云中爆炸,接着,下起了暴雨。风更大了,云彩带着暴雨迅速向海平面掠去。

水龙卷消失了,却留下3个失去信心的男子汉。哈尔和奥默又找寻了一番,可仍未找到失落的木头。

他们疲倦地游回由两根木头组成的木筏旁。他们爬上木筏,躺在上面,但3个人太重了,木筏开始下沉。

罗杰翻身入水,用一只手托住木筏,使它又浮在海面上,每一次浪都能打到木筏上,打到躺在木筏上的人身上。

竹管里装的食物和水没有了,没有帆,没有桨,没有栖身处,甚至没有用棕榈树叶做的衬衫和面罩遮太阳,没有一只木筏能同时支撑他们3个人,除了刀子外,没有任何武器可以抵御危险。

罗杰把头露在水面,不时警惕地环顾四周,随时准备对付鲨鱼的袭击。

"我不知道你们怎么样,"他说,"我可没什么情绪。"

奥默由于刚才过分使用那条受伤的腿,现在被疼痛折磨得脸都变形了。他抬起头,笑了笑。

"我休息好了,"他说,"我们俩换个位置吧。"

他溜入水中,罗杰爬上木筏,待在刚才奥默占据的位置。

"还不算太差,"奥默轻声说,"我们都活着,我们有两根木

20 水上龙卷风

头、3条粗布裤子、3把刀子,况且,我们还有要交给教授的珍珠,还在吧?"

哈尔把手伸进口袋:"还在。"

"很好。因此,我们能把它们交给教授。"

他滑到圆木的一端,开始游泳,把木筏推到他面前,朝南边游去。慢慢地,木筏破浪前行。

或许,奥默的话没有太大作用,但起码比什么都不说好些。哈尔内心深处对这位波利尼西亚朋友充满了深深的敬佩之情。只要航行中有这种勇气和耐心,"希望号"就永远不会迷失。

21
"希望号"遇难

他们轮流在"船"上休息。在坚硬的圆木上待一个小时左右,忍受着海浪对脸上的冲击,再到海里游游泳,推着木筏,活动活动筋骨。

游完泳后,爬上木筏躺一会儿,也是一种放松。

随着时间的延长,每一次放松的感觉都越来越少,最后,只有不舒服的感觉。

夜晚就更难忍受,简直无法睡觉,他们必须时刻处于清醒状态。当浪打来时,他们要屏住呼吸,一睡着,就会因海水阻碍了呼吸而醒来。

成群奇特的、有时是可怕的生物来观察这个浮着的木筏,孩子们从未发现海洋中有如此多的生物。

海洋中有很多生物,但帆船或蒸汽船上的乘客很少看到它们。一些海鸥和飞鱼可能靠近大船,但大多数深海动物不敢接近扬着帆或冒着烟的大船。

原来那只带舱和带帆的7根圆木船也比现在这两根半沉没在海中的木头更有威胁力。这个小小的浮着的东西或许更像一条奇怪的鱼,吸引其他鱼聚集过来了。

海底满是灯光,就像从空中俯瞰夜晚的城市,罗杰顺着木筏边向下看。

21 "希望号"遇难

"那儿有条灯笼鱼,那儿是条食星鱼,天啊!那是什么?"

两只巨大的眼睛正懒洋洋地盯着木筏。它们有 30 厘米多宽,闪着黄绿色的灯光。

"那是你的老朋友,大乌贼。"哈尔说。

罗杰浑身打了个哆嗦,"它不是我的朋友,它会不会上来抓我们?"

"它会的,但我们最好别这么想,这对我们来说可不是件好事儿。"

正在作为船的动力机的哈尔加紧游了几下,那两只眼离开他们远去了。

但紧接着,更可怕的东西出现了。他们看到了另一只眼,很大,足有 2 米宽,闪着银光,来到船头,又在海下 1 米多的深处跟着木筏,看来像一轮满月。

罗杰连话都说不出来了。这种情况太少见了,奥默将手放在他的胳膊上,发觉他有些发抖。

谁看到后面跟着个长这么大眼睛的怪物会不发抖呢?

"这次不是眼睛,"奥默说,"它是月亮鱼,因为它的光像月亮又是圆的而得此名。"

"你在开玩笑吧?"

"没有,你看到的是它的头。"

"那它身体的其他部分呢?"

"没有什么其他部分,它只有头,因此,有人叫它头鱼。它还有另一个名字——太阳鱼,因为白天它躺在海面上睡觉,沐浴着阳光。"

"除了头以外,它长过其他什么吗?"

"长过,那是在它小时候,它有尾巴,后来掉了,和蝌蚪一样。当然,它的头不只是头,它还有胃和其他器官,头周围飘着的东西是鳍。"

它的鳍和它的头相比似乎小了点儿。

"它大概有一吨重。"罗杰赞叹道。

"的确有。有时,我们从小岛上爬到一个正晒太阳的太阳鱼上,假设它是个岛,来取乐。"

水下月亮跟着木筏前进了几分钟,接着当看到4条大蛇样的东西游在亮光上时,罗杰又感到浑身发凉。它们的身体没有固定形状,月亮鱼发出的光清晰地照出它那扭曲的身体,它们有2~3米长,和人的腿一样粗。

"它们是蛇吗?"

"是海鳝,"奥默说着拔出刀,"一种鳝鱼,小心点儿,它们什么都吃——包括我们在内。"

"不受欢迎的客人,"哈尔边说边拨水不让进攻者靠近,"我们在学校读过的那个养了一桶海鳝当宠物的老罗马人是谁来着?他每天早晨将一个奴隶扔进桶中喂它们。"

奥默手里拿着刀子,紧盯着海水:"这类海鳝很可怕,它能离开海洋活动,它甚至能爬上红树,等着扑向从树下经过的任何猎物。我们在旁内浦时,一个人被它咬伤送进了医院,两天后他就死了。"

蛇形的海鳝在木筏底下游来游去,罗杰也准备好刀子。

"它们会到木筏上来吗?"

21 "希望号"遇难

"有可能,有时,它们中的一条上船,它用尾巴拴在船舷上缘,再轻轻跳上船。大多数动物不会主动进攻,除非它们受到干扰。但海鳝很好斗,它的牙有2厘米长,像刀尖一样锋利。"

罗杰抓紧刀:"敢第一个上来的就让它掉脑袋。"

"那是最不该做的事了,"奥默警告他,"血会招来鲨鱼,另外,它们的头和脖子的皮很硬,但他们尾巴的皮很软,它们受不了尾巴上受伤。"

罗杰侧躺在木筏上向海中看,觉得背上被拍了一下。

几乎就在罗杰眼前,一条黑色尾巴紧紧缠在圆木之上,强有力的肌肉使它盘蜷的身体跃出海面,借着星光,罗杰看到那罪恶的头和张开的嘴向他袭来,他还没能转过身,奥默就冲上前用手紧握住拿刀的手。同时,他的刀向海鳝尾部刺去,海鳝的身体抽搐着落进海中。

"那条鱼不会再打扰我们了。"

水中再也没有看见海鳝的影子。

罗杰觉得头晕,很虚弱,他有这个年龄孩子所具有的旺盛精力,但这一晚,他觉得有点儿承受不住了。他很快睡着了,可一下又被打到脸上的海水惊醒了。

奥默看出来,如果这孩子不好好睡一觉,就支持不住了。

"罗杰,坐起来,"这孩子听了他的话,"现在,转过身背朝向我,好了——现在,你可以放心地睡觉了。"

罗杰疲倦得已无力和他争论了。他的身体被奥默坐着的身体支撑着,头靠在他肩上,很快睡着了。现在,几乎没有什么大浪能打到他脸上,当大浪袭来时,奥默用手捂住他的鼻子和嘴,轮到奥默到海里推木筏时，哈尔代替他支撑着罗杰。罗杰一直睡着。

起风了，3个湿透的身体感到很冷，他们很高兴看到太阳出来了，但还未到1小时，他们就又要忍受冷飕飕的黑夜了。

罗杰醒来，睡眠使他有了些精神，但又饿又渴。他有些生气，因为只有他睡着了。

"搞什么鬼？"他生气地说，"如果你们能受得了，我也行，我不需要照顾。"

他看见同伴的手，又看看自己的，它们被海水泡得收缩了。

"我们像被包起来的木乃伊，递给我冷霜。"

但他们不可能有冷霜。罗杰跳入海中，代替哈尔充当这条不大好的"希望号"的发动机。

他们越来越感到饥渴，经常泡在水里，有一个好处，水透过皮肤渗入体内，因此，不像在陆地缺水时那么渴。但天黑之时，他们宁愿用一颗珍珠——如果是他们的珍珠，换足够他们喝的淡水。

那晚，罗杰执意要当大家的保护人，让他们俩轮流靠在他身上睡觉。但他几乎睁不开眼睛，一次真的睡着了。结果，他和靠在他身上的哈尔一同滚入海中，冰冷的海水立即使他们清醒。

第二天，一群东方狐鲣在木筏周围游嬉，孩子们不断试着抓它们，可一条也没有抓到。

"不知道我们能不能做条鱼线，"奥默看着圆木皮，"我们通常用椰子壳做，但树皮也应该行。"

那天，他们大部分时间都用于把树皮上的纤维剥下来，把它们扭成一股绳，虽然只有1.5米长，却很结实。奥默又用圆木做

21 "希望号"遇难

了个钩子,可是没有鱼饵。

他们满怀希望将鱼钩放入水中,哪条鱼会傻到咬空钩呢?

那群东方狐鲣不见了,其他鱼在木筏周围游动,而鱼钩没有引起任何鱼的注意。

又是一夜一天,由于带咸味的海水及皮肤不断地碰擦圆木,孩子们感到身体疼痛,他们的脚肿了,长着红红的斑点和水疱,疼得钻心。

"这叫'浸泡脚',"哈尔说,接着又忧郁地补充,"下一步就该用盐水煮了。"

经常是湿漉漉的、带有盐分的皮肤被太阳晒得很厉害,他们的眼睛充血、发炎,疼痛难忍。

口渴使嘴唇裂开了,舌头肿得嘴里无法容纳,它像楔子尖一样不断向嘴外延伸,嘴里好像被胶水粘住了,罗杰用海水湿润嘴唇,再吞下一点点。

"小心点儿,"哈尔警告他,"喝一点儿没事,可一旦开始喝就很难止住。"

"每个人都需要盐,"罗杰反驳道,"它能产生什么坏结果呢?"

"太多的盐会使你昏迷,然后,你会有两种结果:一是疯了,二是再也醒不过来了。"

"那又有什么?"罗杰痛苦地说,"我们喝不喝海水都会处于昏迷状态的,"他用手遮在前额上,"我已经看见那些根本不存在的东西了。"

"像什么?"

"像暴雨,凉爽的、甘甜的雨,在那边,"他指着东南方向,"我知道那里没雨,可……"

"的确下雨了!"哈尔喊道,不到半英里外,细雨从天直降下来,拍打着海面,"我们快点儿去。"

他们俩也跳入海中,和奥默一起推木筏,3个人一起快速地将木筏推向下雨的地方。

在他们赶到之前,他们失望地看到雨小了,变成了雾,接着太阳出来了。

"看,那边又下雨了。"

这次,只在他们前面400米,他们肯定能及时赶到的,雨从被西风吹来的一小块乌云中降下。

他们用尽全身力气,奋力游泳,很快,发现又没希望了。他们疲倦了,但风并没有疲倦,他们越用力游,雨似乎离他们越远。

顷刻,那小块云彩消失了,连刚下过雨的迹象也没有了。

"你说这只是我们的幻觉吗?"罗杰怀疑地说。

"当然不是,我们不都看见了吗,是不是?"没人回答,"是不是?难道你没看见吗,奥默?"

"我觉得我看见了。"奥默犹豫地说,"我——我什么也不敢肯定了。"

"但这儿有可以肯定的东西,"罗杰喊道,"我摸到它了,一条金枪鱼上钩了。"他把鱼拎起来给他们看,是条黑色有光泽的鱼,不到50厘米长,但有很多肉。

他们立即用刀将鱼切开,除了骨头外,吞下了所有的东西,

21 "希望号"遇难

还留了一小条肉做鱼饵。

他们感觉好多了,也不那么渴了,鱼肉,特别是像含汁多的金枪鱼肉,含的水分是淡水,不是咸水,可惜这点儿水仍不够。

带饵的鱼钩比空钩有用多了,不久,一条小剑鱼上了钩,把它拉到船上,很快又吃光了,只留下了做鱼饵用的。

在有小剑鱼的地方一定也有大剑鱼,因此,哈尔看到海水突然波动起来,并不觉得奇怪。

"小心!"他警告正在游泳的奥默,一条巨大的剑鱼正用它的剑凶猛地袭击着小鱼,它把小鱼弄碎后,再吞下。这条剑鱼有5米长,能轻易将人像切鱼一样切成两部分。许多鲸鱼在受到剑鱼袭击时也会败下阵来。

奥默尽了最大努力,躲避剑鱼的袭击,小鱼血肉模糊的尸体漂在海面上,哈尔和罗杰用手尽量多地打捞它们。

血腥味招来了一条大虎鲨,它飞快地朝一条受伤的鱼游去,把它吞了进去。

鲨鱼的行为激怒了剑鱼,它立即向鲨鱼发起进攻,它没有像往常一样直接用它的武器攻击鲨鱼。它游到距鲨鱼2米处,然后,横着身体将它的剑刺进鲨鱼身体内,血流了出来。

"10分钟内,就会有100条鲨鱼赶来。"哈尔叫道,"我们在劫难逃了。"

哈尔跳入海里,跟着罗杰也跳入海中,他们的脚上沾满了碎鱼尸。

他们和奥默一起,迅速将木筏推离这片屠杀场,再回头一看,海面上漂着许多鲨鱼,鱼血染红了海水。

21 "希望号"遇难

他们嚼着碎鱼。

"那条剑鱼帮了我们，"哈尔说，"你们看，我们有些运气。"

第二天，他们的运气又没了。附近海面只有海蜇，它们覆盖了几英里的海面，木筏后面的人置身于海蜇群中，每次，当浪打来时，都有海蜇打在木筏上的人身上。海蜇触手能降伏其他鱼类，对人的皮肤来说，也是件烦恼的事。

海蜇中最厉害的一种叫"海脂"，它是一种2米宽、触手有30米长的红海蜇，当游泳的人被这种海蜇缠住时，必须有同伴才能帮忙解脱。

就是在"希望号"驶出海蜇群居的海域里，圆木上仍带有海蜇身上的黏液。

第二天，他们看到这次航行以来的第一群鸟，黑燕鸥及鲣鸟饶有兴趣地围着木筏飞翔。

"这意味着我们离陆地不远了。"奥默说。

疼痛的眼睛在海平面上巡视着，但仍没有树木的踪影。

3个人都很兴奋。他们讨厌一切，甚至相互讨厌。

哈尔说他最不愿意和罗杰一同待在木筏上。罗杰说他和哈尔打交道最难受。

每个人都认为其他人疯了。他们说些莫名其妙的事情，奥默开始用他的方言谈话，他没完没了地说着。罗杰说："我要去沙滩。"他起身向海里走，哈尔抓住他的脚踝，"砰"地他又重新坐在木筏上。

哈尔看到了暴雨，但那是根本不存在的暴雨，他还看见长满椰子树的岛屿，瀑布从穿过沐浴在水雾中的热带树林里的岩石上飞流而下。

当起风、天阴、海浪涌起时,他们几乎没有知觉;下雨了,他们几乎不知道张开嘴接雨水。

愤怒的海洋将木筏朝西南方向推去,出于一种绝处逢生的本能,他们都紧抱着圆木。

暴风雨的黑暗和夜晚的黑暗融为一体。哈尔隐约感到风的呼啸以及木筏随着浪一起一伏地向前移动。

后来,传来一阵声音,不像是大海的呼啸,那是浪花拍打岸边的呼啸。

这一定是他们的又一幻觉,它像海浪拍打陆地的声音,很可能是他们疼痛的脑袋里敲打的锤子发出的。

木筏机械地向前,一会儿又后退,接着又向前,圆木下面产生了一阵摩擦声,然后,木筏又被水推起,又是碰撞声。

圆木断了,运动停止了,哈尔感到身下是粗糙的沙子。

他伸手摸摸罗杰,那孩子被浪抛到一边去了。

奥默怎么样了?奥默在水中,用绑木筏的绳子拴住手腕,这样,如果他失去知觉,他将不会离开木筏。

哈尔寻找着,暴雨遮住了星星,他什么也看不见。

他在木筏周围摸索着,然后,又大胆走回海里。他的脚碰到什么东西,他蹲下身,是奥默。他把他拖出海面,放在离海边3米的沙滩上。

奥默是那样沉,他一定溺水了。

哈尔知道应该做什么,摸脉,将水排出,人工呼吸。

哈尔梦见他做了这些事,后来,他也躺在沙滩上睡着了。

22 死里还生

哈尔从死亡中醒来。一位黑发上插了朵芙蓉花的、棕色皮肤的天使,手捧清凉甘甜的椰汁递到他嘴边。

由于舌头肿得很大,椰汁很难下咽,但他本能地喝了一点儿。

太阳升起来了,但没有直接照在他身上。他躺在长满果实的椰子树的阴凉处。微风送来阵阵花香,远处传来音乐声。

罗杰和奥默躺在他身边,其他棕肤色的天使在照顾他们,英俊的男子从树林中走出来。

哈尔感觉很虚弱,他闭上了眼睛,似乎又回到那个暴风雨的夜晚。他抱着圆木,感到身体向上,但是不是海浪把他托起来的,他不知道。

他又被轻轻放下,听见了很多声音。他嗅到了烧柴火以及做饭的味道。

他睁开眼,他们是在一个村里。那里的房屋全是用棕榈树做顶,他和同伴躺在干净的垫子上。蔓藤爬上房顶,一棵杧果树伸出它巨大的臂膀遮住屋顶,树上长满橘黄色的杧果,像圣诞树上的饰品。

阳台尽头露出许多张棕色的脸向里面张望,表情温柔、友好,取代了黑夜和风暴。

有人俯身向他,又是那位天使,他朝她笑笑。她用木勺从木碗里舀了些东西喂他,那是面包果、香蕉和椰汁做成的糊状物,他觉得那是他吃过的最好的食物。

当他噎住时,她想可能是喂得太快了,就放慢了喂食的速度。事实上,不是他肿起的大舌头,而是感激之情使他哽咽了。

一位老人挨着他坐在垫子上,令哈尔奇怪的是,他会讲英语。

"我叫格兰帕,我是这个村子的村长,你们受苦了。现在,你们回到了朋友中间,你们要吃饭,要喝水,要休息。"

哈尔想说点儿什么,但睡意像云彩般裹住了他。

当他醒来时,树影更长了。一定是下午了,他环视着这个安静的村子,没有街道,房子分散在树木之间。

那些树可真棒,他刚才已注意到了那棵杧果树,现在,他又看到面包果、香蕉、橘子、柠檬、椰树、无花果、木瓜,以及桑树,所有的树上都果实累累。

各种颜色的花爬满树干和树枝,叶子花、芙蓉花、牵牛花竞相开放。

还有的颜色在运动中——红绿两色飞翔着的长尾小鹦鹉,灰红色的鸽子,以及金蓝色的翠鸟。还有一些温驯的小鸟在人们面前飞来飞去,好像它们是主人的好朋友,在它们小小的身体上,他发现有红、绿、黑、白、蓝和黄6种颜色。

整个树林传来令人心醉的鸟叫声。茅草房里人们的轻声细语与这种音乐混在一起,从远处还传来吉他的弹唱。

他转向奥默和罗杰。他们也醒了,坐了起来,像他一样陶醉

22 死里还生

在美景和音乐声中,罗杰像往常一样引用著名的散文赞叹道:"人啊人!难道这只属于动物世界吗?"

"咱们别折磨自己了,"哈尔说,"我们会最终醒来发现这一切都是幻觉。"

屋子里传来了说话声。接着几个姑娘和一位妇女走出来,把手里捧着的水和饭放在三个人面前,有熏鱼和火腿、烧鸽子、奶油芋粉酱,还有一篮子水果,有十几种之多。

他们吃的时候,村长坐在他们身边,和善的老人脸上闪着光。

"我们在哪儿?"哈尔问。

"这是茹雷克·特克群岛中的一个岛。"

哈尔曾听到过许多有关特克群岛的故事,它是被40多米长的珊瑚包围的一片很大的湖水。湖中有245个岛。

"这个岛在湖里吗?"

"不,在珊瑚礁上,海洋在一侧,湖水在另一侧。"

"这儿有海军吗?"

"在主要岛上有。今早我去那儿报告了你们的情况,他们想立即见到你们,但我请求他们,让我照顾你们一天,等到明天早晨他们再来。他们说,他们接到报告说你们在旁内浦失踪了。如果你们愿意,他们可以让你们乘明天去旁内浦和马歇尔岛的'威尼贝号'回去,这条船有很好的医疗条件,你们会得到很好的照顾。"他笑了笑,"我已经说完了他们让我告诉你们的话,现在,我说点儿心里话,我们希望你们和我们在一起待很久很久,让我们成为你们的父母和兄弟姐妹。"

哈尔几乎控制不住眼泪了。

"我们永远不会忘记你们的好意,"他说,"但我们必须走,在旁内浦我们还有很重要的工作。"

第二天早晨,一条装有两支桨的小船带他们穿过美丽的特克湖。湖是圆形的,直径有56千米,周围是一片美丽的岛屿,有的像耸立的灯塔,有的上面长满了面包树、香蕉树、椰子树……南海上深蓝色的天空和猩红色的叶子花、深红色的芙蓉形成了鲜明的对照。

一些岛屿位于倾斜的沙滩上,另一些则耸立在陡峭的珊瑚岩上,还有5个岛上有300多米的高山。

有些岛很大,特尔有16千米长,摩尔有8千米长。杜伯朗,海军总部所在地,有5千米长。这里布满了大大小小千姿百态的岛屿,有一个岛只有200平方米,还有些甚至更小。

湖水,是多么的壮观:湖底像花园似的,有珊瑚、藻类、石帆、淡蓝色的地衣、红色的海参、深蓝色的星鱼,还有各种颜色的鱼游来游去;有海绵般的珊瑚,也有珊瑚般的海绵,还有绿色海绵,猩红色海绵和金黄色海绵。

"永远待在这湖里航行我也不会厌倦。"哈尔赞叹道。

一小时后,他们乘"威尼贝号"从东北水路驶出环礁湖,他们依依不舍地回头看着美丽的茹雷克岛,看着他们的朋友站在沙滩上向他们挥手道别。

哈尔爬上船桥楼对副舰长鲍勃·特雷斯说:"你可不可以拉响汽笛向他们告别?"

副舰长笑了:他拉了3次长声汽笛,向岛上的人示意。

22 死里还生

"威尼贝号"是一艘水上医院船只,它有X光机、荧光检查器、药房和实验室,它的业务是巡视各个岛屿,为本地人治病并帮他们培训护士。

孩子们最感兴趣的是铺着白床单的凉爽干净的床,他们大部分时间都在休息,一位有经验的海军医生为他们治疗太阳的灼伤和海水泡过的浮肿,医生告诉奥默,枪伤很快就会痊愈的。

当哈尔想到是卡格斯的子弹使奥默如此痛苦,并且残忍地把他们抛弃在岛上时,他的血沸腾了,他等不及了,他要用拳头打死这个置人于死地的珍珠交易商。

"我要让他死在我的拳头下。"他发誓说。

副舰长用无线电通知旁内浦,孩子们已经找到了,正乘"威尼贝号"归来。

经过三天风平浪静的航行,高卡克大岩石展现在他们面前,"威尼贝号"驶进布满星罗棋布岛屿的旁内浦港湾,还没有抛锚,旁边就传来有人上船的声音,汤姆·布莱迪舰长和其他军官走了上来。

"你们在哪儿?发生了什么事?你们怎么会在珊瑚岛上停留?你们为什么不乘那艘船回来?"

哈尔笑了:"一个问题一个问题地回答吧,首先,卡格斯回来了吗?"

"卡格斯?谁是卡格斯?"

"噢,我忘了。就是你们知道的那位受人尊敬的琼斯传教士。"

"琼斯被一条船搭救了。他看上去很呆板,眼里无神,他迷了路,食品和水都没有了,他喝了海水,像个疯子。还是在前些日子，他神志清醒时，我们向他询问过你们，他说你们决定在岛上待一段时间等他回去。"

"根本不是这样的，"哈尔说，"他向奥默开了枪，然后，把我们丢在岛上，开船跑了，我们没有食物，他希望我们会死在那里。他不是传教士，他是珍珠交易商，名叫卡格斯。我们去的那个岛有个珍珠饲养场，他想偷珍珠。"

布莱迪很惊讶："我一直觉得他这个人很奇怪。"

"他现在在这儿吗？"

"不在，他找了条大船，和几个人一起又出海了。我们以为他去接你们了，因此，听到你们在特克岛遭难，我们非常吃惊。"

"他去了多久？"

"有一个星期了，他没说什么时候回来，他净说疯话，声称要去天边挖一罐金子。他百分之九十疯了，同行的人几乎怕跟他去。他举止怪僻，总是抱着一本航海日志，谁也不让看。如果谁碰一下，他就气得口吐泡沫，他也不告诉我们要去哪里，他带了一名受过航海训练的本地人，看来，他会到达目的地的。"

"他绝对找不到，"哈尔说。布莱迪询问地看着他，可哈尔没有进一步解释，"我希望他能尽快回来，他会发现我的拳头在等着他。"

布莱迪笑了，说道："我理解你的感觉，但还是省着你的拳头吧，监狱在等着受人尊敬的传教士琼斯。"

哈尔和布莱迪都错了，卡格斯会躲过哈尔的拳头，也不会进监狱，更不幸的灾难已降临到他的头上。

23 迎接新的历险

孩子们和艾克上尉一起搬进他们第一次来旁内浦时住的房子。上尉告诉他们,"快乐女士号"已经修复了。

"船已整装待发了。"

"那些鱼呢?"

"都活蹦乱跳的呢!事实上,章鱼有点儿太活跃了,它跳出水箱,爬上船索,我不得不叫几个本地人一起帮我把它捉回去。"

哈尔给父亲发了一封长长的电报,在向东方飞行的第一架飞机上,他寄了一个小小的但交了很多保险金的包裹给理查德·斯图文森教授。

珍珠最后脱离他手后,他觉得轻松多了。

哈尔问起那个想偷窃他们情报,又因请本地人喝酒被送进监狱的"螃蟹",知道他仍在狱中。哈尔认为他已得到应有的惩罚,他去见布莱迪,作为这个岛的代理长官,布莱迪有权释放犯人。

"螃蟹"被放出来了,他没有感激哈尔和布莱迪,而是立即在下一班出海的船上当了名水手。

哈尔焦急地等待着卡格斯的消息,因为这个珍珠商所持的航海日志有误,他是找不到珍珠湖的,他绝对找不到。但假如他找到了呢?假如卡格斯将宝贵的珍珠一扫而光,那么,他就会带着宝贝驶向其他地方,他就不会回旁内浦了。

没有在珊瑚岛上发现孩子们或是他们的尸骨,他会猜到他们可能活下来回旁内浦了。因此,他会远远避开这里,他会带着财富驶向谁也不知道的地方。

那时,哈尔该怎样向理查德·斯图文森教授解释呢?他不得不承认那是他的错,他被这个骗子欺骗了,把他作为乘客带到那个神秘岛上。想想,带贼回家,还告诉他钱藏在哪儿,是什么滋味?

"我真糊涂!"哈尔晚上躺在港口边的日式房屋的垫子上,翻来覆去睡不着时,这句话一遍又一遍地回响在哈尔耳边。

太阳升起时,他走向港口。一艘奇怪的小船刚刚在距港口2米多的地方抛锚,几个棕肤色人和一个白人上了一条小船,然后划向岸边。

哈尔睁大了眼睛,仅仅是他的希望呢?还是事实?那个白人正是卡格斯!

哈尔的心"怦怦"跳得好像在打鼓,现在可以算总账了,卡格斯必须对他的丑恶行径进行解释。

毫无疑问,这位珍珠商有枪,哈尔没有,他只带了把刀,但并不想用它,他要用拳头。他比商人轻30千克,还矮几厘米,没关系,老虎比大象小,但老虎能取胜,他感到胳膊上的肌肉紧张得像钢丝。

卡格斯上了岸,他步伐不稳,张着嘴,眼睛无神。他那没剃过的黑胡子更增添了他的野性模样,没梳理过的头发像乱草堆盖在耳朵周围。背更驼了,像个变小了的巨人,两只胳膊从向前突的双肩垂下,像一对吊货的吊杠。

哈尔拦住他的去路,卡格斯停下来。

23 迎接新的历险

"你好，卡格斯，"哈尔说，"还记得我吗？"

哈尔以为一只手会伸向放枪的枪套，他刚一动手哈尔就会先出拳的，他会一拳打在卡格斯的下巴上，另一拳打在他的太阳穴上。

但这个人的胳膊仍然垂着，他茫然地看着哈尔，没认出他来，接着走路，边走边说些毫无意义的话。

从船上下来的一个人在哈尔身边停下，手里拿着六分仪，他一定是航海员了。

"完全疯了。"他看着卡格斯说。

"出了什么事？"哈尔问。

"这个疯子的航海日志上有一些记载，他说那是一个岛的位置，那里有很多珍珠。当我们到达那个地点时，根本就没什么岛，他本来就受了刺激，这下更厉害了。他完全失去了理智，他想找到那个岛，但我们在附近航行了很长时间，是为跟这个疯子在一起找一个根本不存在的岛。我们把他带了回来。"

码头靠近岸边的一端传来一阵骚动，哈尔转过头去，看发生了什么事，原来，卡格斯咆哮着想挣脱两名警察，但他还是被带走了。哈尔几乎为这个使他和他的同伴差点儿死于太平洋一个珊瑚岛上的恶魔感到难过。

卡格斯没进监狱，而是进了医院。明天一早安排他乘飞机回旧金山，在那儿，他会被送进精神病院。

哈尔告诫自己，应该对事情的整个结果感到高兴。他有很好的标本带回家，珍珠历险也成功了，他们活了下来，他们的敌人失败了。

23 迎接新的历险

但他莫名其妙地觉得情绪很坏,他没能从惩罚卡格斯那里得到乐趣,大海对敌人的惩罚,他一点儿也不满足。他想到自己、罗杰和奥默在那只木筏上漂流时也几乎丧失了理智,他不希望任何人有这样的结果。

还有一个原因,一次历险又结束了,当他在岛上或是在木筏上时,他愿付出一切代价结束冒险,但现在历险真的结束了,他又觉得不知所措。他感到自己像被解雇的雇员,没有人再需要他了,他被放在了架子上。

要离开南海真是太糟了,他刚刚看到了它的奇观,还想再多看一些。

他最痛苦的事情是要和奥默分手,奥默已经在找回家乡雷亚提亚岛的船了。

哈尔知道对于分离,奥默也和他一样难过。罗杰、奥默、哈尔已成了三兄弟,现在要分手真是太遗憾了。

他怀着忧郁的心情走进小城,在电报局门口停下来,有一封他的电报,他急忙打开,是父亲拍来的。

他读着电报,越来越兴奋。然后,他跑出电报局,一直跑回住所。

他发现罗杰、奥默和艾克船长各自坐在角落里,满脸愁容,谁也没说话。这间房子里充满忧伤。

"好消息,孩子们!"哈尔喊道,"爸爸拍电报来了。"

"我敢打赌我知道是什么内容,"罗杰说,"他让我们直接回家。"

哈尔没理他,他开始念电文了:

你们收集了很多野生动物，很好地完成了任务。又用货轮将它们运回了家，斯图文森教授说珍珠很棒，他热烈地赞扬了你们。如果你们厌倦了，就回家吧。

"我说什么来着？"罗杰插嘴道，"我们为了完成他们的工作几乎丧了命。然后，当我们开始享受时，我们却必须回家了。"

"等会儿！"哈尔说，"我还没念完呢！"他接着念道：

　　如果你们愿意待在那儿，现在有一个机会，斯克里普斯海洋地质研究院的人员正从圣地亚哥起航，将在檀香山与你们会面，他们将给"快乐女士号"带去潜水铃、潜水衣、网和水下摄像机等为研究深海大鱼习性及捕捉标本应用的器械。如果感兴趣，告诉我，用航空信件详细说明。你们的母亲向你们问好，并向你们的朋友奥默致以由衷的感谢。

奥默抬起头，眼睛里充满温暖和幸福的神态，他想说点儿什么，但他的嗓子哽咽了。

"太棒了，孩子们，"艾克船长高兴地说，"这意味着我们被拴在一起了。"

罗杰在房间里跳来跳去。

"嘻嘻！嗬！和深海潜水员会面！我将第一个潜入深海。"

哈尔笑了："看来，似乎我们已取得了一致的肯定答案，我立刻就写信告诉父亲。"

　　以后的事情怎么样了？在下一集《海底寻宝》中，我们将给您讲述又一个引人入胜的故事。